KB078309

가프 현대 판타지 소설

MODERN FANTASTIC STORY

밥도둑 약선요리王왕

밥도둑 약선요리王 10

가프 현대 판타지 소설

초판 1쇄 찍은 날 § 2019년 10월 8일
초판 1쇄 펴낸 날 § 2019년 10월 15일

지은이 § 가프
펴낸이 § 서경석

총괄팀장 § 노종아
편집책임 § 신나라

펴낸곳 § 도서출판 청어람
등록번호 § 제387-1999-000006호
등록일자 § 1999. 5. 31
어람번호 § 제1-3050호

주소 § 경기도 부천시 부일로 483번길 40 서경B/D 3F (우) 14640
전화 § 032-656-4452 팩스 § 032-656-4453
http://www.chungeoram.com
E-mail § chungeorambook@daum.net

ⓒ 가프, 2019

ISBN 979-11-04-92062-2 04810
ISBN 979-11-04-91945-9 (세트)

가프 현대 판타지 소설
MODERN FANTASTIC STORY

밥도둑
약선
요리
王 왕

10

청어람
도서출판

밥도둑
약선
요리
王 도왕

목차

1. 산골 식의食醫 2

약선죽 재료를 하나하나 세팅할 때 어르신들에게 줄 타락죽을 쑤는 재희의 모습이 눈에 들어왔다. 그런데 그녀, 민규가 지시하지 않은 약재를 요리에 우려 넣으려 하고 있었다.

"그거 뭐야?"

민규가 물었다.

"천궁이에요. 어르신들의 생기 보양에 좋을 것 같아서……."

"버려."

"예?"

"천궁은 단독으로 쓰면 안 돼. 수명이 짧아지거든."

"예?"

"천궁은 좋은 약재지만 단독으로 쓰면 안 되는 거라고."

민규가 거듭 강조했다.

"어머, 몰랐어요. 그럼 다른 약재가 들어가는 요리에다……."

"그것도 안 돼."

"……."

"그건 재희가 타락죽에 넣으려고 우려낸 거잖아? 목적에서 벗어난 걸 다른 데 넣으면? 약선요리에서는 둘 다를 망치는 지름길이야. 꼭 필요하다면 처음부터 생각하고 따로 끓여서 섞을지, 아니면 함께 끓이되 어떤 단계에서 같이 끓일지를 생각했어야지."

"……!"

민규의 핀셋 지적에 재희가 사색이 되었다. 그건 사실이었다. 약재라고 한꺼번에 털어 넣고 끓이면 되는 게 아니었다. 약에 따라 먼저 우려야 하는 게 있고 중간부터 넣고 끓여야 하는 것 등, 약재의 성질에 따라 다양한 방법이 요구되기 때문이었다.

"죄송합니다."

"한 번이라 용서야. 약선에서는 자기 기분에 따라 넣고 빼면 안 돼."

민규가 쐐기를 박았다.

천궁!

단독 사용 주의.

다른 약재와 함께 쓰면 좋지만 독불장군으로 들어가면 수명을 갉아먹을 수 있었다.

낡은 사발을 빌려 약선참깨밀죽을 담았다. 체질을 고려해 참기름 한 방울을 떨구었다. 먹기에 편할 일이었다.

"드셔보세요. 조금 나아질 겁니다."

명자 할머니에게 돌아가 죽을 내밀었다.

"아유, 냄새가 좋네."

명자 할머니가 코를 큼큼거렸다.

"먹어. 내가 말했잖아? 우리 셰프 요리는 영부인도 반한 요리라고."

황 할머니가 숟가락을 쥐어주었다.

"다른 건 입에서 안 받더니 이건 받네?"

명자 할머니는 다행히 죽을 잘 먹었다.

"잘 먹네?"

황 할머니, 이제는 되었다는 듯 민규를 바라보며 환하게 웃었다. 하지만, 그와 달리 민규 눈은 굳어가고 있었다. 죽은 반 이상 들어갔다. 그런데도 눈의 혼탁은 변할 기약이 없었다. 간도 비슷했다. 움찔움찔 감질만 내다가 마는 게 아닌가?

'육천기라도 맡게 해드려야 하는 건가?'

잠시 고민하고 있을 때 할머니들이 우르르 몰려들었다.

"아이고, 쟈가 일어났네그랴?"

"시방 죽 먹냐?"

할머니들이 앞다투어 안부를 물었다.

"야가 백내장이 심해. 혀서 여그 우리 셰푸님이 약선죽을 쒀 왔어. 이거 먹으면 좋아질 거야."

황 할머니가 말했다.

"워매, 백내장이 죽으로 되나?"

"하모, 병원에 가서 수술을 받아야지. 쟈는 눈이 하나라 백내장이 와도 걱정이라 했는데……."

할머니들의 웅성거림이 이어졌다.

"거 시덥잖은 소리들 마서. 우리 셰푸님 약선요리는 시시한 의사들보다 나으니까."

황 할머니가 기염을 토했다.

"아무튼 먹고 일어나기나 했으면 좋겠네."

"그러게. 그래야 내일이고 모레고 산을 내려가든가 하지."

할머니들은 걱정스러운 눈빛으로 마당을 나갔다. 그 걱정은 민규 눈에도 쌓여 있었다. 명자 할머니는 마침내 죽을 다비워 버렸다. 그럼에도 눈은 변화의 기미조차 보이지 않았다.

'구기자를 썼어야 했나?'

민규가 잠시 고뇌했다. 명자 할머니의 사기(邪氣)와는 그리썩 어울려 보이지 않았던 구기자. 그러나 구기자는 옛날부터 하늘이 내려준 과실로 불리는 명약재였다. 나무줄기로 지팡이만 삼아도 늙지 않는다는 구기자. 진시황이 찾던 불로초로까지 불렸던 게 바로 구기자였다.

구기자는 신장을 보하고 간의 정기를 길러준다. 폐에도 작용해 숨을 고르게 하고, 정혈 생성에 양기를 돕는다. 장 기능을 북돋우며 흰머리를 검어지게 하는 불로장생의 명약. 값비싸지 않다고 허투루 볼 약재가 아니었다.

백내장 또한 구기자의 관할 안에 있었다. 음허로 발생하는 간 이상이나 노인성 백내장에 잘 듣는 것이다.

쨍그랑!

순간, 날카로운 소리가 민규 귀를 울렸다. 명자 할머니가 손에 들고 먹던 사발을 떨어뜨린 것.

"왜?"

황 할머니가 파뜩 고개를 들었다.

"눈······."

명자 할머니는 눈을 더듬고 있었다.

"눈이 왜? 보이나?"

"아니··· 대충 보이던 게 아주 안 보여."

"······!"

그 말에 민규의 촉이 바늘처럼 일어섰다. 웬 날벼락인가? 백내장이 가시기만 바라고 있는데 오히려 더 안 보인다니?

"참말이냐? 이거 안 보여?"

황 할머니가 손을 흔들었다.

"안 보여. 아무것도······."

눈을 뜬 할머니의 눈은 백태로 가득했다. 안개 낀 것 같던 눈동자가 아예 하얀 구름 덩어리로 변한 것이다.

"아!"

할머니는 결국 쓰러져 버리고 말았다.

"셰푸!"

돌아보는 황 할머니 이마에 식은땀이 보였다.

"가서서 종규 좀 오라고 하세요. 핸드폰 가지고요."

민규가 황 할머니를 내보냈다. 하필이면 핸드폰을 두고 온 것이다.

'후우!'

숨을 고른 민규, 할머니의 혼탁을 다시 확인했다. 안구의 사기(邪氣)는 더욱 묵직해 보였다. 하지만 아까와는 달랐다. 격한 들쑤심이 보이는 것이다.

'어쩐다?'

깨진 사발부터 밀어냈다. 그러다 날카로운 끝에 찔려 피가 나오게 되었다.

'피?'

거기서 흩어졌던 생각이 한군데로 모여들었다.

구토.

정진도의 처방이었다. 토하면 막힌 기가 통하게 된다. 구토 역시 병을 치료하는 방법의 하나였다. 구토는 솟아오른다는 뜻으로 용(湧)이라고도 부른다. 한자는 샘솟을 용, '성하게 일어서다'라는 뜻을 가지고 있었다. 그러나 땅을 파서 물길을 솟게 하는 게 쉽지 않듯이 구토로 치료하는 것 또한 만만한 일은 아니었다. 하지만 성공하기만 하면 물길이 솟구치는 힘으로 백내장의 혼탁을 밀어낼 수 있으니 묘법이 될 수 있었다.

다만 주의할 점이 있었다. 노인과 원기가 약한 사람은 그 득실을 잘 따져야 했다.

'역류수.'

초자연수 하나를 꺼내놓았다. 역류수는 구토의 명수였다. 거기에 급류수를 더했다. 이 구토는 단발적이면서도 강력해야 효과가 있을 일이었다.

소환된 물을 할머니 입에 떠 넣었다. 천천히 인내심을 가지고 넣었다.

톡!

이마를 타고 내려온 땀이 콧등에서 떨어졌다. 등은 그보다 더 심하게 젖었다. 할머니에게 정신이 팔린 민규는 그걸 알지 못했다.

"형!"

정적을 깬 건 종규 목소리였다. 돌아보니 문 앞에 와 있었다. 황 할머니도 보였다. 그 순간, 명자 할머니가 상체를 일으키더니 격한 오바이트를 쏟아놓았다. 구토의 시작이었다.

우엑우에엑!

파편이 입과 코, 눈에서까지 튀었다. 민규는 꼼짝없이 파편을 맞았다.

"아이고, 야가 어쩐다냐?"

황 할머니가 뛰어 들어왔다. 민규가 그 앞을 막았다.

"그냥 두세요."

"그냥 두라고?"

황 할머니가 황당한 표정을 지었다.

우엑!

명자 할머니는 오바이트를 계속했다. 격한 구토 때문에 코와 눈에서 질척한 액체가 튀어나왔다.

"아이고, 이러다 사람 잡는 거 아니야?"

황 할머니가 조바심을 낼 때였다.

"야야, 우째 신발을 다 신고 들어왔다냐?"

구역질을 멈춘 명자 할머니 입에서 낮은 목소리가 나왔다. 그녀의 눈과 코, 입에는 끈끈한 액체가 홍수를 이루고 있었다.

"……!"

그걸 본 민규의 표정이 환하게 변했다.

눈에서 나온 액체가 달랐다. 민규가 확인했던 사기가 배어 있었다.

"됐네요. 할머니, 이거 보이세요?"

민규가 손을 들어 보였다.

"보여요."

"저는요?"

"셰푸님도 보이고… 다른 총각도 있네?"

"아이고, 야 좀 봐. 희멀겋던 눈이 국민핵교 다닐 때맨치롬 초롱해졌네?"

듣고 있던 황 할머니가 반색을 했다.

"그란디 니는 왜 신발을 신고 있는데?"

"응? 미, 미안… 니가 갑자기 토하길래……."

"후딱 벗어라. 노망이 났나? 남의 방에 신발을 다 신고……."

명자 할머니가 정색을 했다. 눈이 제대로 보인다는 방증이었다. 민규가 한 번 더 체크를 했다. 간에 약간의 혼탁이 남았지만 문제 될 건 없었다. 마침내 백내장을 고친 것이다.

"약선죽이 먹힌 모양입니다."

민규가 비로소 안도의 숨을 쉬었다.

"백내장이 사라졌다고?"

명자 할머니가 손을 뻗어 거울을 잡았다. 자기 얼굴을 보더니 표정이 보름달처럼 환하게 바뀌었다.

"아이고, 진짜 사라졌네. 세상이 샘물처럼 깨끗하게 보이네. 셰푸님, 고마워요, 고마워요."

거울을 놓은 명자 할머니가 넙죽 절을 해왔다.

"이, 이러지 않으셔도……."

"야야, 이 양반이 진짜 용하구나. 몸살도 다 나은 것 같다."

명자 할머니가 황 할머니를 돌아보았다.

"그럼 그렇지. 우리 셰푸가 누군데… 나는 해낼 줄 알았다고."

황 할머니 목에 힘이 들어갔다. 요수에 방제수를 더한 초자연수를 한 사발 만들어주고 마당으로 나왔다. 이제 두 할머니가 옛정을 나눌 시간이었다.

"형."

종규가 입을 열었다.

"왜?"

"닦아. 얼굴에서 냄새나."

종규가 물에 적신 손수건을 내밀었다.

"그럼 네 손수건에서도 냄새날 텐데?"

"뭐 어때? 형은 오바이트까지 당했는데 냄새쯤이야."

"자식, 의리는 있다니까."

민규는 기꺼이 동생의 손수건을 써주었다. 기분이 한층 맑아졌다. 암흑에서 광명으로 변한 명자 할머니의 시력처럼.

＊　　　　＊　　　　＊

움메에!

소 울음소리와 함께 할머니들이 모여들었다. 산골 마을에서 마당이 가장 넓은 집이었다. 할아버지는 한 사람이 청일점으로 끼었다. 할머니의 숫자는 모두 여덟 명, 명자 할머니도

황 할머니 옆에 찰싹 붙어 있었다.

"우리가 석창리 팔 공주야, 팔 공주."

한 할머니가 너스레를 떨었다.

"공주 다 얼어 죽었네."

할아버지가 슬쩍 딴죽을 건다.

"그럼 지금부터 8공주님과 1왕자님의 연회를 시작하겠습니다."

황 할머니 동생이 분위기를 잡았다.

"셰프님의 특별 약수 드세요."

재희와 종규가 초자연수를 나누어주었다. 할머니들에게 좋은 열탕과 요수, 천리수의 3종 세트였다. 음양의 조화를 이루고 비위를 보하며 말단의 병을 달래주니 그만한 전채가 있을 리 없었다.

"이게 약이야? 손발 저린 게 감쪽같이 없어졌어?"

"나도 보약맹키로 기운이 나는데?"

"나는 속 울렁거리는 게 사라졌나 봐."

할머니들이 긍정의 합창을 했다.

"할머니들이 어릴 때는 좋은 약수가 많았잖아요? 정화수와 지장수, 춘우수와 납설수 같은 거 말이에요."

민규가 설명에 나섰다.

"많았지? 옛날 우리 마을에 있던 샘은 피부병도 나았어."

"우리 동네는 소갈 잡는 샘물에 문둥병 고치는 우물도 있었지."

할머니들이 사라진 추억을 당겨놓았다.

"이 물은 그때 드셨던 약수 못지않은 진짜 약수입니다. 당분간은 몸이 편안하실 겁니다."

"하긴 춘순이 병도 고쳤다며?"

제일 어른에 속하는 할머니가 말했다.

"춘순이 병만 고쳐요? 우리 세뿌가 춘순이네 소 병도 고치고 명자 언니 백내장도 고쳤다고요."

황 할머니 동생이 민규 자랑의 나팔을 높이 불었다.

"우리 세뿌가 우리 마을의 은인이야. 남들은 꽁 먹으려 하는 야생 나물에 돈 많이 쳐줘. 게다가 오늘은 우덜을 위해 맛난 요리까지 준비했으니."

"요리? 그러고 보니 아까부터 아리삼삼한 이 냄새가?"

할아버지가 코를 킁킁거렸다.

"그동안 저한테 나물이랑 야생초 씨앗 따서 보내느라 고생하셨잖습니까? 따지고 보면 할머님들도 저희 초빛 직원이나 다를 바 없으니 오는 김에 가져온 재료로 요리 몇 가지 준비해 보았습니다."

민규가 뒤를 돌아보았다. 재희와 종규가 보였다. 그들이 들고 오는 건 궁중요리들이었다.

—영양 만점 궁중타락죽.

—몸을 보하는 궁중승기악탕.

—야들야들 석류 모양 만두, 약선소방.

—입에서 살살 녹는 약선쑥단자.

—꽃보다 예쁜 궁중무화과녹차양갱.

—복사꽃 향 풍기는 궁중황도정과.

한 상 제대로 차렸다. 그렇다고 재료를 대충 쓴 것도 아니었다. 승기악탕에는 최상급 전복이 듬뿍 들어가 있었다.

"아이고, 이게 요리야 꽃이야?"

할머니들은 놀란 입을 다물지 못했다.

"세상에, 내가 어릴 때 만석군 동네 부자 할머니 육순잔치 때 떡 벌어진 상 보고 처음이네. 이런 음식이 아직도 남았어?"

최고 연장자 역시 감탄을 숨기지 못했다.

"자, 요리는 넉넉하니까 천천히 많이 드십시오. 모자라면 더 해드리겠습니다."

요리는 민규가 리딩한 처방으로 만들어진 체질식. 민규가 나서서 하나하나 맞춤 세팅을 해주었다.

꿀꺽!

할머니들은 옥침이 넘어가고 재희와 종규는 긴장이 넘어갔다. 긴장하는 건 체질식 때문이었다. 마을 할머니들의 체질을 읽은 민규, 그 요리는 재희와 종규에게 맡겼다. 물론 필요한 초자연수는 따로 만들어주었지만 처음으로 주관한 요리였으니 긴장하지 않을 수 없었다.

"이렇게 고운 걸 어떻게 먹어? 손주들 생각나네?"

할머니들은 황공한 마음이 앞서 감히 수저를 대지 못했다. 하지만 오래가지는 않았다. 명자 할머니가 바람을 잡은 것이다.

"빨리들 먹어. 우리 셰푸 요리 먹으면 아픈 데가 다 낫는다니까. 내 눈이 증거야."

명자 할머니가 스타트를 끊었다. 그게 신호가 되었다.

"맛나네, 맛나."

"아유, 이렇게 놓고 먹으니까 꼭 임금님 된 기분이야."

"그럼 임금이지. 여그서는 우리가 임금이고 왕비야."

"그건 맞아. 여기서는 우덜이 대통령이고 왕이지. 몸만 안 아프면 시상 부러운 게 있나?"

"왜 없어? 서방이 없잖아?"

"야야, 니는 아직도 서방이 그립나? 내는 하나도 안 그립다."

"아이고, 언제는 서방님 품 그립다고 징징거리더니, 우리 용분이 많이 컸네."

"뭐라? 요것이 나보다 생일도 넉 달이나 느린 것이……."

하하하, 호호홋!

할머니들의 구수한 수다는 멈출 줄을 몰랐다.

"오빠."

지켜보던 재희가 종규 옆구리를 쳤다.

"응?"

"역시 우리는 안 되나 봐."

"그렇지?"

둘은 금세 울상이었다. 오늘 체질식의 백미는 요실금과 변비, 그리고 저리고 쑤시는 신경통, 입 냄새, 눈병이었다. 대개는 고령화가 되면 찾아오는 병들…….

민규가 한 요리라면 벌써 한두 명 정도는 기별이 갔겠지만 별다른 반응이 없었다.

"그래도 셰프님이 주신 재료대로 열심히 했는데……."

"……."

두 부셰프가 시무룩해하고 있을 때였다. 가운데 있던 할머니 한 사람이 항문을 움켜쥐며 일어섰다.

"왜?"

옆 할머니가 물었다.

"변소에서 부르네. 이게 얼마 만이야?"

할머니, 반가움에 손뼉까지 치며 변소로 뛰었다.

"흐미, 나도 묵직 갑갑하던 거기시가 옻나무 잘못 먹은 것처럼 간질거리는데?"

끝에 앉은 할머니도 일어섰다.

"잠깐!"

세 번째 앉은 할머니가 먼저 일어섰다.

"똥뚜깐도 위아래가 있지. 이 성님이 먼저 가야겠다."

"야야, 느그들, 느그들 집에 가서 싸. 똥 안 나와서 미치겠다는 할망구들이 똥 벼락을 맞았나. 똥뚜간 퍼내는 것도 일이라고. 일!"

하하, 호홋!

주인 할머니의 생색 샤우팅에 또 한바탕 웃는 할머니들……

효과는 그때부터 줄을 이었다. 요실금에 시달리던 할아버지의 고추 꼭지가 제법 잠겼고, 손발이 저리던 두 할머니도 피가 잘 돌았다.

눈병이 있던 할머니 역시 애로가 사라졌다. 여기서는 흔한 뽕나무껍질을 정화수에 우려낸 물에 무와 마를 듬뿍 넣은 처방이었다. 눈병에 기막히게 먹혔다.

구취 역시 정화수로 잡았다. 동의보감에도 나오지만 정화수는 구취에 특효다. 민규의 처방은 참외씨가루를 정화수에 개어 대상 할머니의 입에 물리도록 한 것. 식후에 잠깐 물었지만 효과는 바로 나왔다.

"움마, 야가 입에서 인자 양말 썩는 냄새가 안 나네?"

본인보다 옆 할머니가 먼저 알았다.

"아이고, 요리사가 아니라 의사네, 의사야."

"의사보다 낫지. 그까짓 것들 맨날 영양제 놔서 돈 벌 궁리나 하지, 가면 낫기나 해? 역시 우리 세뿌님이라니까."

황 할머니 동생이 엄지를 세워 보였다.

"오빠."

재희가 종규를 바라보았다.

"그래."

종규가 그 손을 잡았다. 별 효과가 없는 것 같아 전전긍긍하던 둘. 마침내 효과가 나타나자 감격에 몸을 떨었다. 민규는 알은체하지 않았다. 재희와 종규가 커나가는 한 걸음. 그저 묵묵히 지켜볼 뿐이었다.

2. 십시일반의 만찬

　식사 후에 야생초 실습에 나섰다. 선봉은 춘순 할머니였다.
기운을 차린 할머니는 특공대원처럼 거침없이 산들을 누볐다.
　"자가 나물이고 뭐고 젤로 잘 알고 많이 한다 아닙니까?"
　황 할머니 동생이 웃었다.
　새팥을 따고 댑싸리 구경을 하고 옥매듭을 보았다. 피죽을
쑤는 피도 보고 훌쩍 자란 뱀밥나물도 구경했다. 머위의 상긋
한 향을 음미하고 씀바귀의 쓴맛도 보고 매꽃뿌리에 이어 작
은 연못의 마름까지…….
　"오늘은 기분이다. 다 가져가."
　춘순 할머니가 보자기를 펼쳐 보였다. 그 안에는 다종다양

한 야생 나물이 한가득 들어 있었다.

"와아!"

겨우 겨우 한두 주먹 구경한 재희와 종규가 입을 쩌억 벌렸다. 비실거리는 것처럼 보이는 할머니들이지만 들판과 산자락에서는 프로페셔널했다.

"참깨."

황 할머니 동생 집으로 돌아온 만규가 현장학습을 주도했다. 그 앞에는 이 마을에서 난 여러 곡물이 놓여 있었다.

"볶지 않은 참깨로 기름을 짜면 변비와 탈모를 치료한다. 볶아서 짜면 그저 식용이 될 뿐이다. 참기름은 잇몸이나 이, 위장병이 있을 때는 삼가는 게 좋다. 흰 참깨는 폐를 보하고 검은 참깨의 잎은 힘줄과 뼈를 튼튼하게 한다."

두 부세프가 합창을 했다.

"좋은 참깨와 나쁜 참깨의 구분은?"

"알이 통통하고 크기가 일정한 게 좋습니다. 깨에서 눅눅하거나 전 내가 나는 건 보관이 잘못되었거나 오래된 것입니다."

"단점은?"

"갈아서 으깨야지, 그냥 먹으면 거의 소화되지 않습니다."

"녹두는?"

"기를 잘 돌게 합니다. 그러나 비위가 약한 사람은 가려야 합니다."

"적두는 어떨까?"

좌라락.

민규가 적두 한 줌을 쥐었다 놓으니 서로 섞이는 소리가 좋았다.

"붉은팥은 소변을 잘 나가게 하고 설사를 치료하며 밀가루 중독도 해독합니다. 이른 봄에 심은 것을 최고로 칩니다. 꾸준히 먹으면 살을 빼주니 다이어트 식품으로도 쓸 수 있지만 젓갈과 함께 먹으면 좋지 않습니다."

재희와 종규는 앞서거니 뒤서거니 답을 내놓았다. 그때마다 실물 공부도 함께했다. 만지고 냄새 맡고 깨물어 맛을 보기도 했다. 식재료는 경험이다. 보고 냄새 맡고 만지고 먹어보는 게 필요하다. 두 부셰프는 열의가 넘치고 있었다.

"우리 부셰프들, 많이 늘었는데?"

민규가 어깨를 으쓱해 보였다. 진심이었다.

"흐음, 우리도 이제 유자격자잖아? 조리사 자격증 보유자."

종규 목소리에 힘이 들어갔다. 그사이에 해가 서편으로 가까워지고 있었다.

"세뿔님!"

얼마 후에 춘순 할머니가 들어섰다.

"오셨어요?"

마루의 민규가 인사를 받았다.

"오늘 올라가신다면서?"

"예… 내일 가게 문을 열어야 해서."

"그럼 싸게 갑시다. 어여."

할머니가 민규와 재희를 잡아당겼다.

"어디로요?"

"어디긴. 밥은 먹고 가야지. 세뿌님도 밥은 먹지?"

"그럼요."

"그럼 싸게 가자고."

얼떨결에 이끌려 도착한 곳은 아까 그 집이었다.

"세뿌님!"

할머니들이 들이닥치기 시작했다. 손에 든 쟁반마다 음식 향이 가득했다. 할머니들의 반격이었다. 들판에서 뭔가를 수군거리더니 점심 연회를 보답하려는 모의(?)를 한 모양이었다.

"우리 사장님이자 귀한 손님인데 얻어만 먹을 수 있나? 언니 말이 세뿌님은 옛날 방식 음식을 좋아한다길래 우리가 어릴 때 먹던 거 하나씩 만들어봤어요. 어여 먹어요."

황 할머니 동생이 민규를 주저앉혔다. 보자기가 걷히자 민규 눈이 휘둥그레졌다.

"……!"

"우와!"

종규와 재희도 소스라쳤다. 투박한 상 두 개를 붙여 올려놓은 요리는 민규네 초빛의 특급 요리 못지않은 성찬이었다.

―유엽병.

—애탕.

—율고.

—느티떡.

—원소병.

—상추떡.

—조개송편.

—우메기.

—민들레전.

—호박죽.

—막걸리증편.

"이, 이걸 언제 다?"

민규가 고개를 들었다.

"우리가 어릴 때 먹던 음식들이야. 세월이 변하다 보니 손
주 놈들도 잘 안 먹고… 산에 와서도 프라이드치킨이니 햄이
니 하는 것만 찾지. 세쁘가 좋아한다길래 각자 한두 가지씩
맡아서 솜씨 한번 부려봤어. 맛은 어떨지 모르지만 먹어봐."

춘순 할머니가 젓가락을 쥐어주었다.

울컥!

눈시울이 뜨거워졌다. 정말이지 상상도 하지 못한 성찬이었
다. 정성도 정성이지만 귀한 요리의 구현부터 감격이었다. 세
월과 가풍에 따라 조금씩 바뀌었지만 궁중요리나 약선요리에
다름없는 포스였다.

유엽병(柳葉餅)······.

유엽은 버드나무의 잎이다. 그러니 말 그대로 버드나무 잎의 떡이었다. 다른 이름으로는 남병, 석남엽병 등으로도 불린다. 맛과 향이 유려한 느티나무 어린잎은 떡 외에 국수에도 이용된다. 1611년의 도문대작에도 올라 있는, 족보 있는 식재료. 그러나 민규는 많이 쓰지 않던 식재료였다.

"이건 어떤 분이 만드셨어요?"

유엽병을 베어 문 민규가 고개를 들었다.

"나, 나인디… 왜? 맛이 없어요?"

명자 할머니가 울상을 지었다. 백내장을 치료해 광명을 찾아준 민규. 그렇기에 다소 무리를 하면서까지 공을 들인 요리였다. 그런데 댓바람처럼 질문이 나오니 긴장할 수밖에 없었다.

"아뇨. 너무 맛있어서요. 어떻게 만드셨는지 좀 알 수 있을까요?"

"아유, 난 또······."

가슴을 쓸어내린 명자 할머니가 레시피를 읊기 시작했다.

"이것이 뭣이냐, 그러니까 내가 새각시였을 때 시엄씨한테 배웠는데······."

"움메, 니도 새각시 시절이 있었냐? 니는 날 때부터 쪼그랑 할망군 줄 알았두만."

"뭣이여? 나도 한참 때는 읍내 남자들이 줄줄 따랐어."

유엽병 할머니, 바로 반격을 하고 말을 이었다.

"원래는 가장 어리고 연한 잎으로 하는 건데 오늘은 철이 지나서 조금 억세. 그래도 야들한 것만 골랐으니까 걱정 말고… 이것이 먼저 팥 껍질을 벗겨서 시루에 찐 다음에, 느티 잎사귀를 씻어 채반에 담아 물을 쪽 뺀 다음에… 아이고, 말로 할라니까 어렵네. 늙으면 자꾸 깜빡깜빡해서 말이야."

"이것아. 니가 대그빡이 나빠서 그런 거지, 뭔 나이 핑계를 대?"

할머니가 잠시 버벅거리자 최고령 할머니가 핀잔을 날렸다.

"성님은 뭐 안 그런 줄 아쇼? 환갑 지나기 무섭게 깜빡거린 사람이… 하여간 그다음에 떡가루를 만들어서 느티잎사구하고 잘 섞어가지고설랑에 손가락 두 마디 높이쯤 깔고 팥을 뿌려 떡가루를 덮은 다음에, 한 번 더, 한 번 더… 맞다. 그러면 끝이야."

명자 할머니, 설명을 마친 자신이 대견한 듯 셀프 박수까지 치며 좋아했다.

"아이고, 저 사기꾼. 눈이 나으니까 주둥이도 잘 나불거리네. 이것아, 우리 시엄씨는 녹두로 쪘다. 그렇게 복잡하게 할 것 없이 쑥떡맹키로 쪄도 되고……."

최연장자가 기염을 토했다.

유엽병.

요리는 가가호호 전해지면서 변한다. 그 전형을 보는 민규였다. 재희와 종규는 메모하느라 바빴다. 레시피야 민규가 알고 있지만 그냥 두었다. 좋은 수련이 될 게 분명했다.

상추떡도 유엽병과 비슷한 방식으로 찐다. 상추떡 할머니는 임기응변으로 설명을 대신했다.

"자가 한 말하고 비슷혀."

"아이고, 저 약순이… 아주 업혀 다녀라, 업혀 다녀."

춘순 할머니가 딴죽을 걸자 마당은 웃음바다를 이루었다.

다음은 원소병이었다. 세 가지 물을 들인 원소병은 궁중수단에 못지않았다. 물은 꿀물이었다. 오미자나 꿀물에 띄우는 요리였으니 할머니는 제대로 알고 있었다. 이 또한 옹희잡지와 규합총서에 나오는 역대급 족보를 자랑하는 요리…….

"이건 대충 만들었어. 옛날 우리 엄니는 찹쌀가루 반죽에 좋은 호두와 잣가루, 계피와 설탕을 듬뿍 넣은 소로 만두처럼 빚어낸 다음에 삶아내고 그걸 건져서 설탕을 묻힌 다음에 꿀을 탄 오미자 국물에 넣어서 주셨어. 그러면 떡도 꿀맛이고 국물도 꿀맛이었지."

원소병의 레시피가 나왔다.

"이건 우리 엄니가 시집이 자손 귀한 집이니까 애 많이 낳으라고 친정 갈 때마다 해주던 거야. 밤하고 대추가 왜 옛날에, 폐백 받을 때 절 받으면 치마에 던져주잖아? 노란 밤을 쪄서 빻아가지고 가루로 만들고 쌀가루에 넣어 꿀물을 내린 후에 찌면 돼."

율고도 나왔다, 색깔만 빼면 백설기를 닮았다.

"이건 별거 없어. 우리 엄니는 바닷가에서 태어나서 그런지 송편을 이렇게 만들었어. 그 덕분에 우리 시엄씨에게 송편 별나게 만든다고 구박 좀 받았지. 에이구, 우리 시엄씨, 왜 그렇게 모질었던지… 지금 같으면 그냥 확 한마디 치받아 버리겠구만, 먼저 가더니 오지를 않네?"

키 작은 할머니가 눈시울을 붉혔다. 세월이 가니 미움조차 그리움이 되어버린 것.

이어진 건 조개송편이었다. 딱 모시조개 비주얼이었다.

애탕은 어린 쑥을 말렸다 쑤어냈고 민들레전은 민들레의 노란 꽃을 그대로 넣어 부쳤다. 호박죽 역시 우직하게 호박 하나만으로 쑤어냈지만 오랜 공을 들인 덕분에 담담하면서도 단맛이 좋았다.

"그런데 우리 막내둥이는 뭘 해 온 거야? 이제 보니 아무것도 없잖아?"

황 할머니 동생이 줄 끝의 할머니를 바라보았다. 백발이 호호하지만 여기서는 막내의 위엄이었다.

"아따, 나는 할 줄 아는 게 없다니까."

막내가 손사래를 쳤다.

"누가 모르냐? 우리 세뿔님 오신 성의지."

"그럼 이거라도… 아, 진짜 나는 음식은 못해. 다들 알잖아요? 그래서 내가 우리 시엄마에게 얼마나 잔소리를 들었는지."

막내가 슬쩍 올려놓은 건 뭇국이었다. 안에 든 건 오로지 무와 대파뿐이었다.

"아이고, 야가 또 뭇국이네? 정 안 되면 참외장아찌라도 퍼올 일이지."

할머니들이 혀를 찼다. 막내 할머니가 핀잔을 들을까 봐 얼른 맛을 보았다. 그런데…….

"……?"

뭇국을 들이켠 민규가 호흡을 멈췄다. 들어간 건 들기름에 무, 그리고 대파 고명. 투명한 무를 들기름과 달달 볶다가 물을 넣고 끓여냈다. 그런데도 폭포수처럼 시원한 맛이었다.

"우와!"

종규도 놀란 표정. 인생 뭇국이 틀림없었다.

"맛있는데요?"

민규가 막내 할머니를 바라보았다.

"진짜?"

막내 할머니는 좋아 어쩔 줄을 몰랐다.

"그런데 이런 요리들 종종 해 드시나요?"

민규가 할머니들에게 물었다.

"아유, 그런 걸 누가 해 먹어? 옛날에는 시어머니나 시아버지, 영감 생일 때 더러 해 먹었는데 지금이야……."

춘순 할머니가 대답했다.

"손주들 올 때도요?"

"말도 말아. 몇 번 했었는데 아들, 딸, 며느리 하는 말이 먹을 거 널렸는데 요즘 누가 이런 거 먹느냐고 타박이잖아? 그 말 두 번 듣고는 다시는 손도 안 대."

"나도."

"나도!"

할머니들이 거푸 손을 들었다.

"이번에 오거든 해줘 보세요. 왜 했냐고 하거든 제 핑계 대시고요. 제가 정말 최고로 맛나게 먹고 갔다고 하세요. 그럼 다시 볼지 몰라요."

"그래 보자고. 아, 우리 세뿌 양반이 서울에서도 유명하다는데 그것들도 알 거 아냐? 그럼 지들이 우리 타박하지 못하겠지. 지들이 우리 세뿌 양반보다 요리를 잘해? 나도 손주들에게 뭔가 해주고 싶은데 옛날 거라면 정색을 하니……."

할머니 한 분이 의지를 불태웠다. 그러자 몇몇 할머니들이 동조를 했다.

"그리고 주변에 좋은 소나무가 많으니 솔잎을 따서 송엽수를 담가 드세요. 팔다리 아플 때 아주 좋거든요. 술을 아주 못 드시는 분은 차로 끓여 드셔도 됩니다."

민규가 일러주는 말들은 막내 할머니가 종이에 받아 적었다. 늘그막에 막내 노릇을 하는 것도 쉬운 일은 아니었다.

할머니들의 반격은 2차전이 있었다. 산골 밑반찬을 바리바

리 차 앞에 가져다 둔 것. 심지어는 씨간장과 씨된장 항아리
도 있었다.

"이게 좀 말라붙었는데 쩌그 성님 말씀이 세뿌가 기막히게
맛 고치는 법을 안다고 해서… 모양은 이래도 맛은 좋아. 우
리 친정어머니가 나 시집올 때 지게에 져서 보내주신 거거든.
세 항아리가 왔는데 두 항아리 먹고 하나 남았어. 우리 시집
양반들이 워낙 장을 안 좋아해서……."

"고맙습니다."

군말 없이 받았다. 실제로 장맛은 최상품이었다. 말라비틀
어진 건 초자연수 우박을 넣으면 간단히 해결될 일. 게다가
사양하면 나쁜 걸 줘서 그러나 계면쩍어할지도 몰랐다.

"그럼 다음에 뵙겠습니다. 다들 건강하게 계세요."

차에 오른 민규가 작별을 고했다.

"조심해 가서, 세뿌!"

"아, 세뿌가 아니고 셰푸여, 셰푸!"

황 할머니가 뒷좌석에서 천둥을 쳤다. 그 유려한 발음(?)에
민규와 재희, 종규는 키득 웃음을 머금고 말았다.

차는 언덕을 내려와 마을 입구로 나왔다.

"무슨 소리가 들려요."

재희가 고개를 들었다.

"잠깐만."

민규가 차를 세웠다. 창을 열어보니 소리가 따라오고 있

었다.

"세쁘, 고마워요. 고마워요."

할머니들이었다. 흐릿한 언덕 위에 몰려나와 손을 흔들고 있었다. 봉투 때문이었다. 직접 주면 받지 않을 것 같아 황 할머니 동생에게 전한 각 50만 원의 돈 봉투. 정성껏 뜯어준 야생 나물과 민규 감성에 재산으로 남은 옛날 요리들, 그리고 바리바리 싸준 밑반찬과 장에 대한 보답이었다. 그 봉투를 확인하고는 몰려나온 것이다.

"들어가세요. 건강하시고요."

민규가 손나팔 소리로 답했다. 민규의 목소리와 할머니들의 소리가 중간에서 만나 어두워지는 세상을 밝혀주었다.

"어땠냐?"

민규가 재희와 종규를 돌아보았다.

"멋졌어요. 저만 빼놓고 왔으면 셰프님 원망했을지도……."

"아, 나는 재희 빼놓고 와서 나만 내공 좀 올렸어야 했는데……."

"오빠."

"아아, 말이 그렇다고. 말이……."

재희와 종규도 만족스러운 표정. 황 할머니 역시 얼굴에 생기가 돌았다. 야생초 일을 알선해 주었기에 대접도 받았고 반가운 얼굴들도 본 까닭이었다.

부릉!

다시 출발을 했다.

올 때보다 더 많은 짐이 실린 랜드로바. 하지만 올 때보다 가볍게 어둠을 헤치고 나갔다.

3. 더하기도 빼기도 가능합니다

새벽은 푸근한 쥐눈이콩 냄새로 시작되었다. 황 할머니 동생 집에서 구해온 콩으로 두부를 만드는 작업이었다. 홍설아의 예약을 위한 특별식이었다.

푸근한 수증기 속에 고려의 풍경의 아른거렸다. 권필의 기억이었다.

옛날 궁궐에서 두부를 만드는 사람의 이름은 포장(泡匠)이었다. 포장은 대전에도 있고 왕비전에도 있으며 세자궁에도 있었다. 이들은 모두 남자였다. 권필은 포장의 자리에서 직접 두부를 만드는 날도 있었다. 특별한 약선두부를 만들 때가 그랬다. 두부에 곱게 갈아낸 콩떡 잎을 넣었다. 보통은 녹차를 쓰지만 콩떡 잎 역시 신장을 중심으로 하는 水형 체질의 맞춤식. 새 프로그램에 도전하는 홍설아를 위한 약선이었다.

"형, 나도 대령숙수 뺄 좀 나?"

간수를 다루던 종규가 물었다. 간수는 벽해수를 원료로 삼았다. 두부 맛이 좋아지는 건 두말할 필요가 없었다.

"아직은 역의 칼자(도척: 刀尺) 수준인데?"

역은 조선시대 말(馬)을 함께 관리하는 숙박 시설. 역마를 주로 다루는 큰 역에는 많은 종사자가 있었다. 거기 주방장은 '칼자'로 불렸다.

"에헷, 그것도 과분."

종규는 불평하지 않았다. 두부향의 푸근함에 취한 것이다.

궁중두부선.

민규가 일타로 머리에 그리는 두부요리였다. 두부를 으깨고 고기 등을 넣어 원하는 모양을 잡은 후에 쪄내서 고명을 올려 내는 요리로 영양과 멋을 한 번에 잡을 수 있었다.

두부버거.

이건 두 번째로 궁리했다. 두부로 만드는 햄버거. 새 프로그램을 시작하는 홍설아. 그녀의 아이디어 뱅크를 위한 서비스였다.

촛물두부.

세 번째 두부요리였다. 두부는 대략 세 가지로 나눈다. 끓인 콩물에 간수를 넣고 콩 단백질이 엉기면 눌러서 모양을 잡은 게 모두부. 두부가 엉긴 후 간수 및 물기를 적당히 덜어내면 순두부. 간수가 녹아든 물이 흥건하게 고여 있는 두부가 바로 촛물두부. 촛물두부에 민규의 '필살기'를 실험해 놓았다. 바로 어제 깨달은 육천기의 물 향. 아주 '살짝'만 향을 깃들였다. 날이 바뀌어도, 장소가 바뀌어도 유효한 걸 보니 안심이 되었다.

육천기.

이제 비장의 무기를 하나 더 장착하는 민규였다.

두탕.

두부로 끓인 탕이다. 두부를 탕으로 끓여내면 해독 작용이 높아진다. 현대인은 가끔 해독을 해야 한다. 온갖 중금속과 첨가물들이 몸 안에 덕지덕지하기 때문이었다.

두부과자.

마지막은 깔끔한 입가심용 두부과자. 그녀를 위해 파래를 살짝 섞어 굽는 것도 잊지 않았다.

"죽인다."

두부가 나오자 종규가 감탄을 했다. 요수를 더한 쥐눈이콩 두부는 유려하기 그지없었다. 두부는 보통 노란 콩으로 쑤는 게 좋다. 소화가 잘되기 때문이다. 하지만 민규 수준이라면 어떤 콩이든 상관없었다. 소화를 돕는 신비수, 요수가 있기 때문이다.

일반적인 두부라면 그냥 먹는 것보다, 삶거나, 끓여 먹거나 구워 먹는 게 좋다. 두부는 성질이 찬 음식에 속하는 까닭이다.

재희가 출근을 했다. 할머니도 일찌감치 나왔다. 종규를 시켜 차만술에게 두어 모를 올려 보냈다. 좋은 식재료는 나누는 게 좋다. 어차피 민규가 대한민국 모든 국민을 독점할 것도 아니다. 맛난 요리를 하는 요리사가 많다는 건 민규에게도 시너지가 될 일이었다.

"속이 편안해요."

"나도 그렇네? 두부가 이렇게 부드럽고 맛나도 되는 거야?"

재희와 할머니의 시식 평은 별 다섯 개 만점에 여섯 개라도 나올 기세였다.

"안녕하세요? 셰프님!"

단골손님과 예약 손님들의 인사로 맛 잔치가 시작되었다. 좋은 두부이기에 水형 손님들에게 약선두부죽으로 권했다. 손님들은 푸근한 맛에 빠져 어쩔 줄을 몰랐다.

야생초죽도 인기 폭발이었다. 어제 따 온 것이기에 그랬다. 식재료는 누가 뭐래도 싱싱함이 생명. 먹는 손님들의 표정도 최소한 2%는 밝아 보였다.

'1월의 제철 음식… 떡국, 만둣국, 식혜……'

죽을 저으며 제철 음식을 상기시켰다.

'대보름에는……'

원소병, 약식, 입춘오신반, 귀밝이술…….

2월이 오면 노비송편에 똥떡…….

3월이면 진달래화전, 창면, 상긋한 애탕, 바람떡…….

민규의 기억은 여름을 지나 가을, 12월의 골무떡, 어굴탕, 족편, 어복쟁반까지 한달음에 달려갔다. 홍설아를 위해 정리한 정통 제철 음식의 대표자들이었다. 목록에는 권필과 정진도만 아는 필살기 제철 음식도 많이 끼워 넣었다. 다른 먹방들과 명쾌한 차별화를 위해 정리한 내용들이었다.

"셰프님, 홍설아 씨 오세요."

재희가 귀띔을 주었다. 그녀의 차에서 두 명이 내렸다. KTBC의 먹방 피디, 그리고 홍설아였다.

"셰프님."

홍설아는 지축을 울리며 달려와 꾸벅 인사를 해왔다.

"우리 천광술 피디님이세요."

그녀가 피디를 소개했다.

"천광술입니다. 뵙게 되어 영광입니다."

"저도 영광이네요. 들어가시죠."

민규가 내실을 가리켰다.

테이블의 서전은 초자연수 3종 세트로 장식했다.

"이야, 이게 그 말로만 듣던 지구 최강 약수 세트?"

유리잔 속 초자연수의 자태에 천광술의 눈이 휘둥그레졌다.

"이건요, 그냥 모양만 예쁜 게 아니라 효과가 더 압권이거든요."

초자연수의 위력을 아는 홍설아가 열변을 토했다. 그녀의 물 중 하나인 추로수. 그녀는 이제 맛까지 구분할 정도였다.

"흐음, 나도 들었습니다. 홍설아 씨가 뽀샤시한 아기 피부가 된 게 이 약수의 힘이라는 거."

"앗, 그건 천기누설이에요."

홍설아가 너스레를 떨었다.

"그럼 제 물은 저한테 어떤 효과가 있습니까?"

피디가 민규를 바라보았다. 그는 직설적이었다. 동시에 의욕적이고 샤프했다. 손 피디 못지않게 좋은 프로그램을 만들 수 있는 사람으로 보였다.

"일단 마음을 편하게, 입맛을 살리고, 몸에 숙취가 있는 것 같아 숙취 해소에 좋은 물로 구성했습니다."

민규가 답했다.

"허, 홍설아 씨 말대로 보기만 해도 아시는군요. 실은 어젯밤에 새 프로그램 맡아줄 새 멤버들과 좀 세게 달렸거든요."

"드셔보세요. 차례대로 마셔도 되고 마음 내키는 대로 마셔도 됩니다."

"이야, 이거 진심 기대되네."

손을 비비며 기대감을 불사른 피디, 가운데 잔부터 빼 들고 시음을 시작했다.

벌컥!

한 모금 들이켜고 진지하게 음미를 한다. 그는 얼마 전에 끝난 '비하인드를 먹다'라는 먹방의 제작자였다. 그전에는 '내 인생을 만든 맛'이라는 프로그램도 했다. 둘 다 그의 아이디어였고 나름 준수한 시청률을 기록했다. 그렇기에 요리에 대한 기본은 충분했다.

"좋은데요? 위장이 쓰리고 후끈거리는 거 같더니 편안해졌습니다."

"위장만 그래요? 빨간 핏발이 거미줄처럼 뻗쳐 있던 흰자위도 깨끗해졌는데……."

홍설아가 훈수를 뒀다.

"음식, 별생각 없었는데 입맛도 돌고……."

피디가 민규를 바라보았다.

"그럼 요리 내오겠습니다."

민규가 돌아섰다.

―약선두부버거.

―궁중두부전골.

―궁중두부선.

―약선촛물두부.

―두탕.

―약선두부과자.

여섯 요리가 나왔다. 주재료는 두부. 그러나 모양새는 각양각색이었다. 피디의 상태를 감안해 두부전골에 해장 성분을 조금 강화해 주고 마름죽을 곁들이는 것으로 끝이었다.

"이게 다 두부 소재라니… 허얼. 내가 프로그램 때문에 대한민국 두부 명장은 다 만난 사람인데 비주얼부터 차원이 다르네."

피디가 혀를 내둘렀다.

"이거 가지고 놀라면 우리 이 셰프님 요리 못 먹어요. 피디님도 언제 부모님이나 가족들 데리고 와서 별식 좀 드셔보세요. 제가 먹방에 출연하면서 대한민국의 온갖 요리를 다 섭렵했지만 그거 다 더해도 이 셰프님 한 테이블만도 못하거든요."

"과찬입니다."

홍설아가 폭주하자 민규가 제동을 걸었다.

"그런데 셰프님, 정말 우리 첫방에 출연해 주실 수 있는 겁니까?"

피디가 돌직구를 들이댔다.

"어머, 내 말 못 믿는 거예요?"

홍설아가 고개를 들었다.

"그게 아니라… 본인에게 직접 들어야 문제가 없지."

"약속을 했으니 초대해 주시면 응하겠습니다."

민규가 나서 정리를 했다.

"고맙습니다. 정식으로 감사를 드립니다."

천광술 피디, 자리에서 일어나 꾸벅 고개를 숙였다. 맺고 끊는 게 칼처럼 확실했다.

"그리고 다른 부탁이 있습니다."

숟가락을 잡은 피디가 말문을 이어갔다.

"저희가 진행을 맡아줄 요리사 적임자를 몇 명 후보자군에 올려놨는데 염치 불고하고 의견을 좀 부탁드립니다. 약선요리나 궁중요리 쪽은 제가 좀 일천해서요."

피디가 내놓은 건 요리사들 이름이었다. 변재순도 있고 유혜정도 있고 해인 스님과 박세가도 보였다.

"제 머리에 있는 사람은 여기 없군요."

민규가 웃었다.

"아, 그래요. 그럼 어떤 분이신지?"

"장광 셰프님요."

"장광?"

피디가 홍설아를 바라보았다.

"아, 서울광장 요리 축제 때 그분요?"

홍설아가 기억을 떠올렸다.

"투박하지만 된장찌개처럼 신뢰가 있는 분이죠. 털털함 속에 세련미가 깃들었으니 약선의 분위기와 딱 맞을 것으로 생각합니다."

"딱 맞는 분은 사실 따로 있습니다만……."

"아, 제가 모르는 사람이 있을 수도 있습니다. 누구시죠?"

"이민규 셰프님."

피디의 눈이 민규를 겨누었다. 작심하고 던진 말 같았다.

"죄송합니다. 저는 미디어보다 주방에서 승부하는 야전 요리사로 남고 싶습니다. 방송 외도는 가끔 나가는 것으로 만족합니다."

민규가 선을 그었다. 피디는 저 홀로 한숨을 쉬었다.

"아쉽군요. 잠깐만요."

피디가 핸드폰을 검색했다. 화면에 장강의 이미지가 많이 올라왔다. 그의 요리와 관련 보도도 많았다.

"핀셋 추천이군요. 이 셰프님을 제외하면 제가 찾던 이미지에 근접하십니다. 실력도 좋으신 것 같고……."

"……."

"좋습니다. 특별한 문제가 없다면 이분으로 결정하고 타진해 보겠습니다."

피디가 콜을 받았다. 특별한 문제라는 건 사생활의 문제다. 혼자 요리할 때는 상관없지만 방송이라면 달랐다. 담백하고 깨끗한 사생활은 요리 실력만큼이나 필수적이었다.

"일단은 여기까지입니다. 솔직히 요리가 땡겨서 더는 말을 못 하겠군요."

천광술이 마름죽 그릇을 집어 들었다. 한 숟가락을 음미하더니 손이 쉬지 않았다. 그야말로 허겁지겁. 속에서 제대로 받는 것이다.

다음으로 국자를 집어 들었다. 두부전골은 그의 입맛에 착착 감겼다. 입안에서 부서지는 두부는 포근하기 그지없었고 목을 넘어가면 거칠어진 위장을 부드럽게 쓰다듬었다. 두부에 들어간 건 대파와 미나리, 그리고 싱싱한 조개와 연근 몇 조각. 단순한 매칭에도 불구하고 피디를 홀려 버렸다. 그는 숟가락질을 쉬지 못했다. 한 입, 한 입 먹을 때마다 지난밤에 쌓인 주독이 하나하나 로그아웃되어 버린 것.

"흐아!"

"후우!"

입과 코에서 밀려 나오는 동그란 맛 향은 쉴 새가 없었다. 이마의 땀조차 시원하기 그지없을 정도였다. 수저를 놓기 전, 그는 이미 숙취자가 아니었다. 개운한 잠을 자고 일어난 아침처럼 새로운 의욕과 새로운 개운함으로 리뉴얼되어 있었다.

"두부 맛은 예술, 국물은 해장의 끝판왕. 특별한 재료가 들어간 건 아닌 거 같은데 어째서 이렇죠?"

피디가 민규를 바라보았다.

"진퉁과 짝퉁의 차이죠."

"진퉁과 짝퉁? 자연산과 양식산, 국내산과 수입산을 말씀하시는 겁니까?"

"아닙니다. 피디님이 맛을 본 곳이라면 대개 자연산에 국내산, 유기농 등을 썼겠죠."

"그럼?"

"자연산에 국내산이라고 해도 다 좋은 건 아닙니다. 어떤 식재료들은 오히려 양식이나 수입산에 못 미치는 것들도 있지요. 심지어는 유기농도 그런 경우가 있고요."

"……."

"좋은 물과 좋은 식재료, 거기에 더해지는 정성과 타이밍. 이 네 가지가 맞아야 좋은 약선요리가 됩니다. 오늘 요리는 그 네 가지에 피디님 체질까지 고려했으니 입에 맞았을 겁니다."

"겸손하게 말씀하시지만 결국은 요리의 조화로군요. 재료와 재료, 재료와 셰프, 그리고 재료와 손님……."

"그렇습니다. 방금 드신 요리로 보면 누구나 개운하게 먹을 수 있지만 특히 숙취나 해장에는 그만인 구성이지요. 두부는 콩으로 만들었으니 주습을 몰아내고 해독하는 데 탁월하며 수생식물인 마름과 연근 또한 술독을 몸 밖으로 몰아냅니다. 물에 사는 생물은 정체된 물을 밖으로 밀어내는 습성이 있기 때문이죠. 나아가 조개처럼 껍데기를 가진 생물 역시 열을 내모는 데 탁월하니 술독으로 인한 열을 제거합니다. 이것들에 더해진 칼칼한 매운 향과 약한 짠맛 또한 주습을 흩어버리고 술독을 푸는 데 특효입니다. 하지만 그저 싱싱하고 좋은 재료에 고춧가루를 넣고 끓인다고 해서 주습이 나가고, 열을 몰아내고, 주독을 해독하는 건 아닙니다. 어떤 식당들은 좋은 재료로도 오히려 속을 망치기도 하니 앞서 말한 조화를 이루지 못한 까닭입니다."

"공감합니다. 여기에 생낙지에 생전복, 홍합에 대합까지 넣어도 별맛이 없는 집들이 많으니까요."

"약선은 그래서 어려운 겁니다. 좋은 재료라는 건 추상적이 거든요. 어떤 게 좋은 재료입니까? 그건 셰프가 결정하는 게 아니라 손님이 결정합니다. 무작정 좋은 재료가 아니라 손님 에게 맞춰야죠. 독이 약이 되는 사람도 있고 약이 독이 되는 사람도 있는 법입니다."

"역시… 현장이 중요하군요. 제가 나름 약선요리 책을 보기 는 했습니다만, 책은 현장을 이기지 못하네요. 맛으로 증명하 는 데야 책은……."

"제가 좀 주제넘었습니다."

"아닙니다. 난다 긴다 하는 음식 평론가와 맛 칼럼리스트, 학자들의 이론(異論)을 다 잠재우고 오신 분 아닙니까? 최근에 는 중국 대사관에서 엄청난 사건까지 기록하셨더군요."

"그것도 보셨습니까?"

"실은 오면서 봤습니다. 다른 자료에 취하는 바람에 잘 몰 랐었거든요. 그걸 보자니 진짜… 역사성에 맛에 예술까지 트 리플로 잡아버린… 셰프님이 욕심나서 못 견디겠더군요. 죄 송하지만 첫방 때 그 약선무위자연면 좀 시청자분들에게 보 여주실 수 있을까요? 따로 시간 내기 곤란하면 언제 그 요리 하는 날 저희가 와서 찍어 가겠습니다. 그건 정말이지 푸드 아트의 신세계라고 생각합니다. 시청자들도 관심 갖는 분들 이 많고요."

"고려해 보죠."

"고맙습니다. 이거 물어볼 게 너무 많아서 두서가 없네요."

"……."

"바쁘실 텐데 본론으로 들어가면… 첫방에서 보여주실 요리가 뭔지 궁금합니다. 그에 따른 전략도 짜야 하고 해서 미리 좀 들었으면 하는데 괜찮겠습니까?"

천광술 피디의 눈빛이 반짝거렸다.

첫 방송.

프로그램의 운명을 좌우한다. 첫날 시청률이 바닥을 찍으면 조기종영을 각오해야 한다. 피디에게는 그보다 참담한 일이 있을 수 없었다. 그렇기에 모든 피디는 첫방에 사활을 걸고 있었다.

"뭘 보고 싶으신가요?"

민규가 역제의를 날렸다. 이제는 초짜가 아니었다. 그렇기에 분위기를 주도하는 민규였다.

"솔직히 말씀드리면 저야 물론 마법을 보고 싶습니다."

"마법?"

"홍설아 씨의 미래 모습 예고편 말입니다. 두 달이나 세 달쯤 후의……."

미래 모습.

살을 빼는 모습을 보고 싶다는 말이었다. 피디로서는 당연한 말이었다. 첫 방송, 더구나 현장에서 홍설아의 체중을 2~3kg 감량해 준다면 센세이션이 되고도 남을 일이었다.

시청률 대박!

꽃길이 시작되는 것이다.

"살을 빼는 걸 보여달라는 거군요. 체중계의 숫자로?"

"그냥 제 욕심입니다."

"보여 드리죠."

"예?"

거침없는 민규의 콜에 피디 입이 쩌억 벌어졌다.

"하지만 약선은 음양의 조화……."

민규가 슬쩍 뜸을 들이자 피디의 조바심이 옥침으로 밀려
나왔다. 두부과자를 물고 있던 피디. 후릅, 침을 빨아들였다.

"빼는 것과 찌는 것을 동시에 보여 드리죠. 그러면 되겠습니
까?"

"셰프님……."

"어차피 홍설아 씨 밀어주는 첫방입니다. 두 타입의 대상자
를 물색하세요. 초고도비만과 초저체중……."

"……?"

"평범한 사람 말고 공인 병원이나 다이어트 전문 클리닉 등
에서 실패한 기록이 있는 사람이면 좋겠죠. 공식 기록이 있으
면 신뢰성이 더 커질 테니까요."

"……."

"그 두 분의 체중계 숫자를 확실하게 움직여 드리겠습니다."

"셰프님……."

"대신, 그렇게 해드리면 피디님은 제게 무엇을 주시겠습니까?"

민규가 눈빛을 세웠다. 카리스마의 작렬이었다. 방송국에 자선할 생각은 없었다. 상대의 패를 보고 수위를 조절할 생각이었다.

"가능합니까? 적어도 1㎏ 이상의 변화가 있어야 시청자들에게 어필할 수 있을 겁니다."

"가능합니다."

다시 주저 없는 민규의 콜.

꿀꺽!

꼬리를 무는 확답에 피디의 목울대가 출렁거렸다.

방송 중에 한 사람 대상자의 살을 빼기만 해도 빅 이슈가 될 상황. 그런데 저체중에 살찌우는 상황까지 연출?

대박!

피디의 정신 줄이 멋대로 출렁거렸다.

"한 사람씩만 되는 겁니까?"

머리에 그림을 그려본 피디가 사욕을 앞세웠다. 공식 기록이 있는 경우라고 해도 한 명은 위태로웠다. 조작의 주장이 나올 수 있었다. 그러나 한 명이 아니라면…….

"몇 명을 원하십니까?"

"각각 세 명이면……."

삼세판.

한국인의 저변에 흐르는 정서였다. 한 명이 아니고 세 명이라면 어떤 이견이 나온다고 해도 정설이 될 수 있었다.

"상관없습니다."

그 또한 민규가 수용했다.

"후아, 이거, 이거……."

피디가 물을 들이켰다. 욕심을 부리고 던진 딜. 둘만 된다고 해도 괜찮았을 일. 하지만 무려 셋까지 수용이 된 것이다.

"우리가 뭘 해드리면 됩니까? 셰프님의 식당을 홍보해 드릴까요? 아니면 셰프님 대령숙수 복장에 협찬 광고를 주선해 출연료를 확 챙겨 드릴까요? 말씀만 하십시오."

"그 전에 한 가지 묻고 싶은 게 있습니다."

"……?"

"제 패를 보였으니 피디님 패도 봐야 하지 않겠습니까? 앞서 말한 걸 제가 약선요리로 실현하면 피디님은 어디까지 시청률을 올릴 수 있습니까?"

네 능력은 어디까진데?

그걸 보여줘.

민규의 눈이 소리 없이 몰아치고 있었다.

"세 사람 다 현장에서 1kg 넘게 변화시킨다면 30% 이상 노려보겠습니다."

"30% 이상 시청률 프로그램에 걸맞는 투자를 하신다면 협조하겠습니다."

"……!"

투자!

그건 홍설아를 위한 지원사격이었다. 출연진이 중요하다지만 피디의 능력도 중요했다. 그가 올인하지 않으면 안 되는 것이다.

"좋습니다. 저도 목숨 걸고 한번 해보죠."

피디가 답을 내놓았다.

"그럼 협찬 광고 붙여서 출연료 많이 챙겨주십시오. 많을수록 좋습니다."

"그렇게 하죠."

대답하는 피디의 미소가 아름답지 못했다.

어쭈? 약선요리의 순수를 강조하지만 은근 돈 밝히네?

피디의 심정이었다.

하지만,

"그 돈은 새로 창업하는 신예 후배들에게 약선요리 발전 기금으로 사용할 생각입니다."

민규의 멘트가 나오자 피디의 때 묻은 미소는 180도 변하고 말았다.

"창업하는 신예 후배들 약선요리 발전 기금이라고요?"

"청년실업이 국가 문제가 되는 시대 아닙니까? 요리학교 나온 학생들도 취업이 어렵습니다. 취업을 해도 대우를 제대로 못 받고 노가다처럼 일하는 사람도 많고요. 솜씨 있고 열정 있는 후배들에게 자금과 함께 제 경험을 조금 나눠주면 도움이 될 겁니다. 그럼 약선요리와 궁중요리의 인식도 좋아질 거고요. 대신 방송국에서 받은 돈이라는 말은 밝히겠습니다."

"셰프님……."

"안 됩니까?"

"그게 아니라… 그런 줄도 모르고 불손한 생각을……."

"돈 밝히는 놈이라고요?"

민규가 피식 웃었다.

"죄송합니다."

"괜찮습니다. 요리사라면 셋 중 하나는 벌어야 한다고 생각합니다. 돈을 벌든지, 맛을 벌든지, 아니면 손님을 벌든지… 그것도 아니라면 인심이라도 벌어야겠죠."

"죄송합니다."

피디는 거듭 고개를 숙였다.

"와아, 역시 셰프님은 차원 자체가 달라요. 그 말 듣고 저도 결심했는데요, 제 출연료도 5%씩 보태 드릴게요. 좋은 일에 좀 끼워주세요."

홍설아가 팔을 걷고 나섰다.

"홍설아 씨까지야……."

"왜요? 저도 나름 출연료 좀 돼요. 그렇죠? 피디님?"

"그럼 이렇게 하죠. 제가 시청률 30% 찍으면 본부장님과 담판을 짓겠습니다. 협찬 광고의 일부를 셰프님 후원 사업에 지원하는 것 말입니다."

"우와, 정말요?"

홍설아가 반색을 했다.

"그리고 식재료 말인데요, 프로그램 진행해 줄 셰프님과 다시 상의하겠지만 최고급 유기농 재료만 선별해서 사용할 계획입니다. 프로그램에도 명기를 하고요. 괜찮겠죠?"

피디가 의견을 개진했다.

"유기농 재료를 쓴다고요?"

"그렇습니다. 홍설아 씨도 찬성한 건데 약선요리, 궁중요리, 사찰요리의 이미지에 딱 들어맞지 않습니까? 건강하고 힐링이 묻어나는 무공해 유기농 재료들……."

"……."

"……?"

"개인적으로 저는 반대입니다."

"반대라고요?"

피디가 고개를 들었다.

"혹시 유기농으로 농사짓는 곳에 직접 가보셨습니까?"

"가본 적은……."

"그럼 이런 걸 머리에 그리시겠군요? 툭 트인 깨끗한 초원에 펼쳐진 그림 같은 농장들… 그 한편으로 맑은 냇물이 흐르고 또 한편으로는 청아한 들꽃이 흐드러진……."

"그렇지 않겠습니까? 아니면 청종 고원지대 같은 곳······."

"미안하지만 유기농의 상당 부분은 비닐하우스입니다."

"······?"

"환경적으로 보면 오히려 더 인공적이죠."

"그, 그런?"

"얼마 전에 식재료 투어를 갔다가 유기농 비닐하우스를 방문한 적이 있는데 호박과 토마토를 재배하는 곳이었습니다. 비닐하우스는 온도와 습도를 일일이 맞춰야 하는데 그게 쉽지 않습니다. 윙윙거리며 활기차게 날아야 할 벌과 나비가 다 비실거리고 있더군요. 그럼에도 농작물은 주렁주렁 잘도 자라더군요. 순간 성장촉진제를 주었나 싶은 생각이 들어 거래를 트지 않았습니다. 제가 오해한 걸 수도 있겠지만 그런 환경에서 일반 소비자들이 거액을 지불하며 기대하는 건강한 농산물이 나올까요?"

"······!"

"제 생각에는 신선한 일반 농산물 쪽으로 포인트를 맞추는 게 좋습니다. 그래야 시청자들의 접근성도 높아지지, 최고급 유기농 재료로 했다고 하면 이질감부터 들 겁니다. 좋은 재료로 했으니 맛있고 좋아 보이지. 그렇게 말입니다. 사실 유기농 재료라고 해서 특별히 좋을 것도 없습니다. 일반 농산물도 잘 고르면 유기농보다 나은 게 많아요."

"듣고 보니 공감 백배로군요. 그럼 그런 식재료상을 좀 소개해 주시겠습니까?"

"프로그램 맡으실 셰프와 상의한 후에 말씀하세요. 제가 도울 수 있으면 돕겠습니다."

"고맙습니다. 그렇게만 해주신다면……."

피디가 쾌재를 불렀다.

"그런데 피디님, 우리 셰프님하고 짝꿍이 잘 맞으시네요. 갑자기 활력이 넘쳐요."

홍설아가 대화에 끼어들었다.

"그래요? 실은 아까부터 기분이 상쾌해지면서… 그런데 나만 그런 게 아니라 홍설아 씨도 그래요. 피곤하다더니 그런 기색도 간곳없고……."

"흐음, 그 답은 아마 셰프님이 가지고 있을걸요?"

홍설아, 알고 있다는 듯 민규를 바라보았다. 민규의 약선요리가 아니면 설명될 수 없는 일이었다.

"식재료에 활기찬 약수 향을 좀 쐬었거든요. 새로 개발한 건데 효과가 괜찮네요."

"어머, 약수 신제품이 나온 거예요?"

"그런 셈이네요."

민규가 웃었다. 두부에 살짝 쐬인 육천기의 향. 신선의 물답게 제대로 먹히고 있었다. 오래 쏘였다면 식욕 저하가 올 수 있지만 살짝 노출하는 방법으로 기(氣)를 살린 민규였다.

천광술에게 식재료와 약재를 보여주었다. 약선의 역사와 함께 대표적인 원리도 설명해 주었다. 그의 열정은 손병기 피디에 못지않았다.

"오늘 정말 공부 많이 했습니다. 마음 같아서는 셰프님 밑에서 한 두어 달 배우고 싶은데 시간이……."

피디가 소감을 밝혔다.

"필요한 건 책으로 배우시기 바랍니다. 저도 밑천을 다 보여 드렸으니까요."

"그건 그렇고 첫방 녹화하실 때 말입니다."

"예."

"보조하실 분도 한 분 데리고 오시면 좋겠습니다. 약선요리가 생각보다 손이 많이 가는 데다 화면구성도 그렇고……."

"한 사람입니까?"

"없으면 저희가 따로 준비할 수도 있습니다."

"알았습니다. 제 촬영분이니 제가 준비해서 가죠."

민규가 정리를 했다.

"셰프님, 저는 뭐 따로 준비할 거 없어요? 녹화장에서 살 빼는 데 필요한……."

홍설아가 물었다.

"그러면 조작이죠. 그냥 하던 대로 하세요."

"정말요? 그럼 먹고 싶은 거 다 먹어도 돼요?"

"상관없습니다. 평소대로 하세요."

"와아… 대박…….

그럼 녹화 때 봬요. 제가 모시러 올게요."

홍설아는 연못이 흔들릴 정도로 큰 소리를 남기고 멀어졌다. 짤랑짤랑 햇살이 유리알처럼 내려온 연못. 쌍을 이룬 두 마리 잠자리가 맴을 돌다 날아올랐다. 둘은 허공에서 갈라졌다. 민규가 가게 안을 바라보았다. 종규는 테이블을 치우고 있고 재희는 주방에서 정리를 하고 있다.

한 사람⋯⋯.

한 사람이라고 했다.

그냥 요리를 만드는 거라면 누구를 데리고 해도 상관없는 일.

그러나 방송에 나가는 일이었다. 더구나 KTBC에서 먹방의 새로운 지평을 위해 심혈을 기울이는 프로그램. 종규도, 재희도 따라 나가고 싶은 마음이 없을 리 없었다.

종규와 재희.

따지고 보면 둘 다 제자와 다름없는 관계.

재희는 스펀지처럼 요리를 빨아들이고 있고, 종규 역시 타고난 미각을 발판으로 기본기가 다져지고 있었다.

종규는 친동생. 재희 역시 민규 일이라면 두 손 걷고 나서는 처지.

'어렵군.'

민규 머리에 싹튼 갈등은 사슴뿔처럼 슬슬 가지를 뻗어갔다.

*　　　　*　　　　*

　약선죽을 먹지 않고 갔던 손님 하경주가 오기 30분 전. 그
는 원래 자극적인 음식을 즐기던 金형 체질. 그를 위한 특별식
은 뒷마당의 숯불 위에서 보글보글 익어가고 있었다.

　"종규야, 차 좀 준비해서 재희랑 같이 나와라."

　야외 테이블에 앉은 민규가 안에 대고 외쳤다.

　"할머니는?"

　"잠깐 할 얘기 있어서 그러니까 할머니는 그냥 두고."

　"알았어."

　대답 후에 두 사람이 나왔다. 차는 폐에 좋은 약선박하차였
다. 사실 요리사들은 폐암에 걸릴 확률이 높았다. 제한된 주
방의 요리에서 풍기는 연기와 가스와 이상 물질 등에 직접적
으로 접촉하는 시간이 많기 때문이었다. 그런 까닭에 폐에 좋
은 차를 많이 준비했다. 시간 나는 대로 마셔두면 활력도 되
고, 건강도 지킬 수 있었다.

　"홍설아 씨 방송 결정된 거야?"

　의자를 돌려 앉은 종규가 물었다.

　"그래. 출연진 확보되는 대로 시작할 모양이다."

　"누가 진행할 거 같아?"

　"장광 거사님 추천했다. 딱 맞지 않냐?"

"딱 맞는 거야 형이지."

"야, 이종규."

"제 생각도 그래요."

재희가 거들고 나섰다. 둘은 민규가 출연하지 않는 게 불만인 모양이었다.

"그럼 내가 나갈까?"

"앗, 정말요?"

재희가 반색을 하고 나왔다.

"대신 너희 둘은 나랑 일하는 거 로그아웃이야. 한번 방송 타면 이 방송 저 방송 나가야 할 테고 그럼 이 가게는 필요가 없지. 방송으로 떼돈을 버는데 몸이 두 개가 아닌 다음에야 어떻게 둘 다 하겠어?"

"어, 그건……."

재희가 당혹스러운 표정을 지었다.

"나는 누가 뭐래도 현장 요리가 좋다. 방송에 나와서 폼 잡는 게 아픈 사람 고치는 기쁨만 하겠냐?"

"방송에서 고치면 되죠."

재희가 볼멘소리를 냈다.

"그렇게 방송이 좋냐?"

"뭐 솔까말 좋기야 하지. 유명해지고……."

종규가 중얼거렸다.

"재희 너도?"

"네… 저번에 서울광장 촬영할 때 잠깐잠깐 나왔더니 아버지가 막 동네방네 자랑도 하고……."

"그럼 한 번 더 나가자."

"예?"

"언제?"

재희와 종규가 격한 반응을 보였다.

"홍설아 씨 첫방 녹화 때."

"우와!"

"대신 보조는 한 사람이라니 테스트로 결정해서 한 명만 데려간다."

"……!"

환호하던 둘의 표정이 싸늘하게 식었다.

"오늘 저녁 예약 끝나면 실시한다. 요리 제목은 궁중기방, 시간은 한 시간 반. 고기 핏물을 빼는 등의 전처리는 미리 해 놔도 좋다."

"셰프님……."

"형……."

"내 말 끝났다. 심사 위원은 나하고 할머니. 기준은 모양과 맛으로 하고 동점이면 먼저 요리를 끝낸 사람을 승자로 간주한다. 이상."

"아, 씨… 뭐야? 난 소방은 알아도 기방은 뭔지도 모르는데……."

종규가 인상을 찡그리는 사이에 재희가 안쪽의 책 선반으로 뛰었다.

"야야, 너 혼자 자료 찾아보려고 그러지?"

종규도 그 뒤를 따랐다.

피식!

웃음이 나왔다.

어쩌면…….

잘된 걸지도?

하늘을 본 민규가 혼자 생각했다.

경쟁.

요리의 세계에서도 피할 수 없는 일.

고만고만하게 어깨를 겨루며 발전해 가는 둘.

기왕에 이렇게 되는 거라면 발전의 기회가 되기를 바랐다.

4. 육천기의 존엄

　하경주가 오기 전에 잠시 식도에 관한 고찰 시간을 가졌다. 약선요리가 어려운 건 요리를 잘해야 하는 것뿐만 아니라 인체와 질병의 메커니즘을 이해해야 하기 때문이다.

　질병은 어디서 오는가?

　어떻게 오는가?

　어디와 연관이 되었는가?

　그걸 알아야 효과적인 약선을 준비할 수 있었다.

　식도.

　목구멍이다. 한의학에서는 인후에 속한다. 인후에는 편도를 비롯해 인두, 후두, 기관지에 식도까지 들어간다. 이 목구멍에 생기는 병은 무려 열한 가지나 되었다. 그러나 이건 한의학적인 관점. 현대에 늘어난 각종 암과 기타 질병을 포함하면 몇백 가지가 될 수도 있었다.

목에 생긴 질환을 다스리는 식재료들을 떠올렸다. 우선 도라지가 꼽힌다. 다음으로 계란의 흰자위, 배즙, 무즙, 참깨와 누에, 참기름 등이 있다. 대략적으로 폐와 연관이 된다는 것을 알 수 있다. 대개가 흰색을 띤다는 게 그랬다. 주목할 것은 누에였다. 목이 잠기고 숨 쉬기 곤란한 것까지도 치료가 된다. 그러나 무작정 먹는다고 되는 건 아니었다. 정량에 정법, 환자의 임계점을 제대로 공략할 때 효과가 나온다.

"이 셰프님, 안녕하셨나요?"

생각하는 중에 이규태 목소리가 들렸다.

"박사님."

민규가 반색을 했다. 종규와 재희, 둘 다 막 도착한 식재료를 정리하느라 박사가 온 걸 놓쳐 버린 것.

"흐음, 벌써부터 맛난 냄새가 진동을 하는데요?"

박사가 주방을 돌아보았다.

"혼자 오셨습니까?"

"천만에요. 혹까지 달고 왔지요."

이규태가 마당을 가리켰다. 하경주에 더불어 두 사람이 더 보였다. 유치원 아이와 그 어머니였다.

"예약보다 한 명이 더 늘었어요. 보호자가 따라오는 바람에 또 하나 더 늘었고……."

"응급이군요?"

민규가 웃었다. 아이의 체질창을 리딩한 것. 하긴 리딩할 것도 없었다. 목을 잡고 웅크린 아이는 누가 봐도 사색이었다.

"벌써 파악이 끝났습니까?"

"아니면요? 모시고 온 박사님 체면도 있는데……."

"허어, 역시 나 살려주는 건 셰프님밖에 없습니다."

"잠깐 볼까요?"

민규가 주방에서 나왔다.

"안녕하세요? 안녕?"

하경주와 어머니에게 인사를 하고 아이를 향해 웃어주었다. 아이는 목으로만 꾸벅 인사를 해왔다.

"목 아프구나?"

민규가 물었다. 아이는 눈물이 그렁그렁한 채 다시 꾸벅이었다.

"아이가 돼지갈비를 먹다가……."

"뼈가 목에 걸렸군요?"

설명하는 이규태보다 민규가 먼저였다.

"허어, 귀신이라니까."

이규태가 피식 웃어버렸다.

"어디 보자."

아이와 키를 맞춘 민규는 아이부터 안심시켰다. 목구멍을 확인하지는 않았다. 뼈가 보인다면 병원에서 해결했을 일. 아픈 목을 잡은 아이 눈에서 눈물이 흘러내렸다.

인후… 그중에서도 식도… 거기 날카로운 혼탁이 가로로 걸쳐 있었다. 작은 파편의 뼈가 제대로 걸린 것이다.

"저녁에 수술이 잡혔는데 혹시나 이 셰프님이 해결할 수 있을까 해서 데려와 봤어요. 아이 집안이 마침 부작용이 있다고 해서……."

"선생님, 잠시 기다려 주실 수 있나요? 아이의 약식부터 마련해야 할 것 같은데……."

민규가 하경주의 양해를 구했다. 민규가 초대한 건 하경주. 그러니 그가 우선이었다. 하지만 상황이 달리 전개되었으니 응급 약선요리 먼저 준비해야 할 판이었다.

"그러세요. 애가 많이 힘든 거 같던데 나야 조금 늦으면 어떻습니까?"

하경주가 기꺼이 양보를 했다.

"많이 아프니?"

민규가 아이에게 물었다.

끄덕.

아이의 대답이었다.

"물은 마실 수 있어?"

"마시기는 하는데 힘들어해요. 침 삼키는 것도……."

아이 대신 엄마가 대답했다.

아이 목의 혼탁을 역류수와 견주어보았다. 먹을 것을 토하게 할 때 직빵으로 먹히는 역류수. 하지만 아이의 혼탁이 더 사나웠다. 빠른 효과를 위해 급류수를 섞어도 만만치 않았다. 좀 많은 양의 물을 마시면 토할 수도 있는 상황. 하지만 아이가 참을 수 있을지 확신이 오지 않았다.

토할 수만 있다면 방법은 널널했다. 간단하게는 김칫국부터 따뜻한 차에 참기름 한 방울도 명방이었다. 기가 뭉쳤다면 치자를 달여 마시면 되었고 참외꼭지 또한 유용했다. 그 외에 인삼과 도라지, 방풍의 머리 역시 토하는 데는 약손이었다.

약재 창고에 있는 몇 가지를 동원해 봐도 아이 목의 혼탁과는 잘 매칭이 되지 않았다.

'그렇다면…….'

방법은 하나뿐이었다.

"어려우신가요?"

이규태가 신중하게 물었다. 그는 민규를 곤란에 빠뜨릴 생각이 없었다.

"아닙니다. 좀 오래된 방법을 써야겠네요. 잠깐만 기다리십시오."

민규가 돌아섰다.

컹컹!

용무가 있는 곳은 멀리서 들리는 개 소리 쪽이었다. 차만술의 가게 아래에는 주택이 하나 있었다. 주인 할머니와는 안면을 트고 있었다. 손님으로 두 번 왔었기 때문.

"할머니."

그 집 문을 열고 들어섰다. 할머니는 개밥을 주고 있었다.

"죄송하지만……."

민규 눈은 개에게 있었다. 할머니는 민규의 요청을 기꺼이 들어주었다.

"자, 이것 좀 먹어볼까?"

잠시 후 민규가 아이에게 내민 건 잘 식힌 약선해삼미음이었다. 아이는 水형 체질. 짭조름한 해삼은 놀란 몸에 도움이 될 일이었다.

"……."

어머니가 이규태를 돌아보았다. 아이는 지금 목이 아파 고통에 겨운 상황. 수술을 앞두고 좋은 방법이 있다고 해서 따라온 어머니였다. 그런데 아이 앞에 주어진 건 꼴랑 미음 한 그릇. 무슨 한방 명방이라도 나올 줄 알았던 어머니는 황당할 수밖에 없었다.

"먹여보세요. 우리 이 셰프님 약선요리는 영부인도 인정하는 효과랍니다. 물론 목의 뼈가 쉽게 해결될 일은 아니지만……."

이규태가 시식을 권했다.

어머니는 마지못해 미음을 먹이기 시작했다. 첫 모금을 넘긴 아이가 고개를 저었다. 목 넘김이 고통스러운 것이다.

"몇 번만 더 먹어봐. 병원에서 수술하는 것보다 나을 거야."

민규가 아이를 달랬다.

아이가 다시 입을 벌렸다. 그나마 체질식이었기에 가능한 일이었다. 아이의 입맛을 맞추지 않았다면 도리질 똥고집으로 버텼을지도 몰랐다.

처음 몇 모금은 눈물을 찔끔거리던 아이, 슬슬 눈물이 줄어들고 있었다. 민규가 보니 목에 서렸던 혼탁의 날카로움은 무뎌진 후였다. 목을 찌르던 뼈가 녹아내려 간 것이다.

꿀꺽!

아이의 목 넘김이 자연스러워지자 어머니도 그걸 알았다.

"괜찮아?"

그녀가 물었다.

끄덕!

아이가 답했다.

"목 안 아파?"

"응."

이번에는 말소리를 내는 아이.

"진짜? 침 삼켜봐."

꼴깍!

"안 아파?"

"응."

다시 아이가 고개를 끄덕거렸다.

"박사님."

어머니의 목소리가 확 밝아졌다.

"그러게 내가 뭐랬습니까? 이거 한번 해볼 가치가 있다고 했죠? 수술보다 백배 낫죠."

이규태가 웃었다.

"셰프님……."

어머니의 시선이 민규 쪽으로 옮겨 왔다. 두 눈에는 고마움의 감정이 그득 고여 있었다.

"고맙습니다. 너무 고맙습니다."

아이를 앞세운 어머니가 거듭 감사를 올렸다.

"고맙습니다, 셰프님."

아이도 어머니를 따라 했다.

"목이 나은 거 같으니 이제 본격적으로 식사를 해야죠? 뼈 때문에 많이 놀랐을 텐데 기혈 좀 북돋게 약선죽 올려 드리겠습니다."

아이 머리를 쓰다듬고 주방으로 향했다. 그 모습을 지켜보던 하경주의 눈이 휘둥그레졌다. 옆에서 고스란히 지켜본 리얼 실화였으니 어안이 벙벙할 뿐이었다.

"셰프님."

이규태가 따라왔다.

"이제 곧 요리 나갈 텐데요?"

"지금 요리가 문제입니까? 나도 공부 좀 시켜주세요."

"흐음, 처방문을 내놓으라는 거군요?"

민규가 웃었다.

멍멍!

미소를 따라 개 소리가 들렸다.

"설마?"

이규태가 개 소리 쪽으로 고개를 돌렸다.

"그 설마, 당첨입니다."

"윽, 그게 정말 가능합니까?"

"가능하지 않으면요? 왜 한방서에 적혀서 전하겠습니까?"

"하지만……"

"위생적인 건 걱정하지 않으셔도 됩니다. 제가 특별한 약수로 전처리를 했거든요."

민규가 들어 보인 건 육천기였다.

"정말 상상 불허로군요. 이거 아무래도 나하고 이 셰프님하고 자리 바꿔야겠습니다. 셰프님이 우리 한방병원에 계시는 게 저보다 훨씬 나을 듯합니다."

"별말씀을… 저는 조리사 자격증뿐입니다. 병원에 앉아 있을 자격이 없지요."

"그깟 면허… 이런 경우에는 면허가 발등을 잡는 꼴 아닙니까?"

"말씀만 들어도 힘이 솟네요."

"그나저나 셰프님 약수 말입니다."

"예."

"언제 비방 한약 달일 때 좀 부탁하고 싶네요. 공진단이나 경옥고 같은 거에 넣고 달이면 셰프님의 명요리처럼 약효가 살아날지도 모를 것 같아서요."

"그런 용도라면 비싼데요?"

"걱정 마십시오. 효과만 좋다면 억만금을 낼 환자들도 있으니까요."

"하핫, 농담입니다. 언제 기회가 오면 자세히 말씀 나누시고 자리에 가서서 편히 기다리시지요."

민규가 내실을 가리켰다.

컹컹.

돌아서는 이규태의 발길을 따라 개 소리도 멀어졌다.

아이의 약선미음.

거기 들어간 군신좌사의 '군'은 개의 침이었다. 이웃 할머니에게 달려간 민규가 얻어 온 건 그 개의 침 한 종지였다.

목에 걸린 돼지나 소, 토끼 고기의 뼈에 대한 명방은 두 가지가 있었다. 첫째는 코끼리의 상아였다. 그걸 달여 마시면 뼈가 녹아내려 간다. 그러나 상아는 구할 수 없었다.

다음으로 꼽히는 게 개의 침이었다. 개의 침을 마시면 목에 걸린 뼈가 녹아버린다. 개의 침에는 뼈를 녹이는 성분이 있었다. 그렇기에 개는 어떤 뼈라도 소화시킬 수 있는 것이다.

받아 온 침은 혹시 모를 감염 방지를 위해 육천기의 물 향으로 부정된 기운을 죽였다. 그런 다음 소량의 미음에 섞어 탁월한 효과를 이끌어낸 민규였다.

'흐음, 좋고…….'

승기악탕의 풍미는 더없이 그윽하기만 했다. 제2의 미각이라는 연구개까지도 들이치는 것 같았다. 기분 탓이었다. 의사들이 난치병 환자를 완치한 기분이 이럴까? 아니면 과학자들이 새로운 이론을 증명해 낸 기분이 이럴까?

다음은 하경주.

민규 눈이 다시 빛나기 시작했다.

기쁘긴 하지만 다음 목표를 망각하지는 않았다.

"요리 나왔습니다."

민규가 가져온 건 세 가지 요리였다.

우선 단골이자 민규의 후원자 격인 이규태의 요리는 약선 황기연자죽이었다. 그의 삼초형 체질에 맞춘 죽이었다. 아이와 어머니에게는 궁중흑임자죽을 올렸다. 아이의 水형 체질에도 좋았고 어머니에게 엿보이는 소화불량에도 좋았다. 아이가 아프면 엄마도 함께 아프다. 그로 인해 소화불량이 생겼으니 요수를 더한 죽물로 개운하게 만들려는 민규였다.

"선생님 요리는 이것입니다."

마지막으로 하경주 앞에 승기악탕을 내려놓았다.

"……!"

하경주의 눈빛이 변했다. 승기악탕 때문이었다. 다른 승기악탕과 달리 그 그릇의 뚜껑은 밀봉되어 있었다. 그저 뚫린 구멍으로 요리 냄새가 폴폴 배어나올 뿐.

"뚜껑이 열리지 않습니다."

하경주가 민규를 바라보았다.

"예. 열리지 않는 게 맞습니다. 선생님이 드실 요리는 풍미와 향, 즉 냄새입니다."

"뭐라고요?"

"요리는 원래 오감이 먹는 겁니다. 부득이한 경우라면 어느 한 감각으로 먹어도 됩니다. 오늘은 후각으로 드십시오."

"……?"

하경주가 이규태를 바라보았다. 연자죽에 푹 빠진 이규태는 어깨를 으쓱해 보일 뿐이었다. 민규를 믿으라는 뜻이었다.

"그 안에 든 요리는 승기악탕이라고 궁중에서 즐기던 보양식입니다. 선생님 체질에 맞는 식재료와 약재를 듬뿍 넣었으니 풍미와 향만으로도 허기가 가실 겁니다. 효과가 없다면 오늘은 배상금까지 내드리겠습니다. 바쁘신 분을 다시 오시게 한 죄로 말입니다."

"허어……."

"덧붙이자면 요리의 향은 뭉친 기운을 풀어내는 파워가 있습니다. 책상에 꽃을 꽂거나, 향수를 뿌리면 허공에 은은하게 퍼지지 않습니까? 퍼지고 흩어지는 특성 덕분에 뭉친 기운을 풀어내게 되지요. 더불어 향을 맡는 것도 섭취의 한 방법이니 과거 가난한 사람들은 고깃간 앞에서 푸근한 풍미를 맡으며 고기 맛을 대리 충족 하곤 했습니다. 따라서 선생님 몸의 사기를 풀어내는 동시에 시장기를 몰아내고 기력을 회복시켜 줄 약선요리입니다."

"그거야 당신들 하는 말이지⋯ 나는 지금 음식이 필요하단 말입니다. 기껏 기다렸더니 이건 뭐 장난도 아니고⋯⋯."

"배로 들어가는 음식만이 기운을 만드는 건 아닙니다. 식사하듯이 냄새를 맡으시면 허기도 가시고 기운도 돌아올 것으로 봅니다."

"⋯⋯."

"한 번만 속아봐요. 우리 이 셰프가 괜한 말 할 사람이 아닙니다."

"그러세요. 저도 솔직히 아까는 황당했지만 지금 생각하면 너무 잘한 거 같아요. 아까 욱하는 마음에 그냥 갔더라면 우리 진호는 지금 수술대에서⋯⋯."

이규태와 어머니가 지원사격에 나섰다. 아이의 눈빛까지 그랬다. 아픈 목을 달래며 미음을 삼켰던 아이. 그런 아이 앞에서 음식 투정을 하는 꼴이었으니 하경주는 입을 다물 수밖에 없었다.

"조금 불편하겠지만 뚝배기를 들고 시식하시기 바랍니다."

민규가 갖춰준 건 뜨거운 냄비를 잡는 요리용 장갑이었다.

하경주, 별수 없이 장갑을 끼고 뚝배기를 들었다. 냄새 식사(?)의 시작이었다.

"흐음."

코 안으로 진한 풍미가 후끈 밀려왔다. 냄새가 어찌나 좋은지 위장이 목으로 올라오는 것만 같았다.

"조금 천천히, 진짜 음식을 먹듯이 말입니다."

민규는 조언 한마디를 남기고 돌아섰다. 후식을 준비할 시간이었다.

"맛이 좋아."

죽을 먹던 아이가 엄마를 보며 웃었다.

꿀꺽!

하경주는 자신도 모르게 침이 넘어갔다. 코앞에는 냄새가 기막힌 요리. 이걸 들고 냄새나 맡아야 한다니? 그러나 그건 하경주의 장애 때문. 그런데 돌연 그 장애가 사라진 것 같은 착각이 들었다. 치명적인 충동이 아닐 수 없었다.

이걸 그냥 내려놓고 먹어봐?

누가 알아? 혹시 먹을 수 있을지…….

깊은 유혹.

그게 하경주에게 손을 내밀고 있었다.

파르르.

하경주의 손이 떨렸다. 그 손은 이미 숟가락 앞에 있었다.

자신도 모르게 숟가락을 집었다. 그 순간,

"아저씨!"

아이가 빽액 소리쳤다.

"응? 응?"

하경주가 고개를 들었다.

"셰프님이 냄새만 맡으랬잖아요?"

"......!"

아이의 시선은 하경주를 겨누고 있었다. 올 때는 다 죽어가더니 레이저 버금가는 위력이었다. 거기에 네 개의 눈동자가 가세를 했다. 이규태와 아이 어머니였다.

하아.

하경주, 삭은 한숨과 함께 숟가락을 놓았다. 아이의 레이저는 겨우 Off로 돌아갔다.

흐으읍!

별수 없이 냄새만 먹었다. 아쉬움 때문인지 더 기가 막혔다.

잠시 후, 민규가 돌아왔다. 민규는 색감이 생생한 과일정과와 차를 내려놓았다. 거기에도 하경주의 몫은 없었다.

"선생님에게는 지금 먹는 요리보다 더 좋은 차가 없으니 냄새가 나지 않을 때까지 다 맡으시기 바랍니다."

민규의 설명이었다.

아이와 어머니는 후식을 먹고 돌아갔다. 식사비로 8만 원을 청구했지만 5만 원권 네 장을 놓고 나갔다. 이규태가 따라나가 모자를 배웅했다.

이제 혼자 남은 하경주. 승기악탕의 뚝배기도 슬슬 식어가고 있었다.

흐읍!

한 호흡을 더 빨고 뚝배기를 놓았다.

넷이 먹다 혼자가 되니 기분이 이상했다.

이 무슨 뻘짓인가?

그런 생각까지 들었다.

'다시 시도해 볼까?'

다시 유혹이 달려들었다. 죽이 되는 밥이 되든 먹어야 살지. 냄새만 맡고서야 어찌 살 것인가? 승기악탕을 내려놓고 뚜껑을 열었다. 아무도 없을 때 시도해 보려는 것이다.

그런데…….

승기악탕의 푸짐한 건더기를 바라보던 하경주의 고개가 갸웃 돌아갔다. 달리 먹고 싶은 충동이 사라지고 없었다. 조금 전까지만 해도 치명적 유혹이던 식탐…….

진기?

한 단어가 떠올랐다. 책에서 읽은 글이었다. 음식에는 진기가 있다고 했다. 그게 빠지면 산해진미도 아무 맛이 나지 않는다.

'냄새를 빨아 먹어서 그런가?'

그의 손이 무의식적으로 배를 쓰다듬었다.

"……?"

그러다 다시 한번 놀랐다. 심한 투정을 부리던 허기가 느껴지지 않았다. 요란스레 합창하던 비둘기 소리도 들리지 않았다. 그러고 보니 승기악탕을 집어 든 손의 피로감도 사라진 지 오래였다.

'설마?'

미간을 찡그릴 때 자박, 발소리가 들렸다.

"건더기 생각이 나시나요?"

민규였다.

"셰프님……."

"어디 보자… 제가 보기엔 허기가 사라진 거 같은데 어떻습니까?"

"그게……."

"그렇죠?"

"예. 이거 믿기지 않지만… 냄새만으로 배가 부른 것인지……."

"냄새만으로 배가 부른 거 맞습니다."

"……?"

"보아하니 항암 치료 때문에 식욕을 잃었지 않습니까? 그래서 당분간 식사를 안 해도 지장이 없을 약선요리를 올렸습니다. 지난번보다 질적으로 좋은 것이니 죄송하시만, 지난번에 식사에 실패하신 게 오히려 다행으로 보입니다."

"그럼 이 평안함이 며칠이라도 간단 말입니까?"

"시간뿐만 아니라 영양이나 기 충전적인 측면도 그렇습니다. 당분간은 문제없을 겁니다."

"그럴 수가?"

하경주가 소스라쳤다.

"과학적으로 따지지 마시고 결과만 생각하시기 바랍니다. 그러다 혹여 또 허기가 지고 기운이 없으면 냄새요리 한 그릇 더 드시면 될 겁니다."

"……."

"우리 하 화백, 기운이 돌아오신 건가요?"

모자를 배웅하고 온 이규태가 물었다.

"박사님."

"허헛, 이렇다니까. 목소리하고 눈빛을 보니 성공이군요. 생기가 팍 돌잖아요?"

"이거… 믿어도 되는 겁니까? 고작 냄새만 맡았는데… 이게 무슨 마약도 아니고……."

"마약 맞아요. 그러니까 나도 이 셰프에게 중독이 되어 환자들을 보내는 거지요. 하지만 이런 마약이라면 얼마든지 중독되어도 되지 않을까요?"

이규태가 웃었다.

"저야 물론 고맙지요. 육천기를 먹으면 허기가 지지 않고 생기가 돈다는 말은 들었지만…….”

“저하고 궁합이 잘 맞아서 육천기를 머금은 식재료가 들어갔나 봅니다.”

민규도 웃었다. 진짜 육천기를 비방으로 썼지만 굳이 강조할 필요는 없어 보였다.

“아, 몸이 이 정도만 유지되어도 미국 전시회를 추진할 수 있을 것 같습니다. 앞으로도 잘 부탁합니다, 셰프님.”

민규에게 인사를 한 하경주가 가방에서 뭔가를 꺼내놓았다. 펼쳐보니 비단에 그린 유려한 민화였다. 그림은 첫눈에 민규 마음을 쏙 뺏어 갔다. 붓 터치 때문이었다. 그의 그림은 세밀화였다. 마치 자수를 놓은 듯 선 하나하나를 더해 이룬 그림이었다. 그림에 쏟은 정성에 눈알이 쏟아질 지경이었다.

“이 박사님이 제 직업은 말하지 않은 모양이군요. 실력은 일천하지만 민화 전문 화가입니다. 미대 졸업 후에 계속 무명으로 살다가 2년 전에 유티비에 올린 작품의 참신성이 뉴욕 화랑가의 관심을 끌면서 개인전 주선이 추진되던 중이었습니다. 그래서 작품에 박차를 가하던 중에 식도암 날벼락을 맞았습니다. 게다가 치료 후유증으로 식욕을 잃다 보니 거의 포기 중이었는데 이 정도 기운만 있다면 다시 추진해도 될 것 같습니다. 해서 감사의 보답으로…….”

“그럼 전시를 하셔야지, 저를 주시면…….”

“괜찮습니다. 저한테 그림을 그릴 수 있는 생기를 주셨잖습

니까? 게다가 그건 소품이라 뉴욕 갤러리가 원하는 사이즈가
아니거든요."

"그래도……."

"설마 졸작이라 안 받는 건 아니시죠?"

"그럴 리가요? 제가 약선요리에 궁중요리를 하다 보니 딱 꽂
히는 작품입니다."

"그럼 받아주세요. 전시회에 성공하면 한 작품 더 가져다
드리겠습니다."

"그럴 것까지는 없고요, 오늘 식사비를 안 내는 조건이라면
이 작품, 고맙게 받겠습니다."

"정 그러시다면……."

하경주가 민규의 딜을 받아들였다.

"종규야."

이규태와 하경주까지 떠나자 종규를 불렀다.

"벌써 요리 대결 하자고?"

"아니, 저 위에 개 기르는 집 있지? 이것 좀 가져다 개한테
주고 와라."

민규가 개를 위한 요리를 내밀었다.

"거기 할머니가 아니고?"

"오늘은 개. 내가 신세를 졌거든."

"……?"

"빨리. 마지막 손님 남았으니까 그거 끝나면 바로 재희랑

대결이야."

"으악, 알았어."

종규가 바람처럼 달렸다.

민규는 다시 민화를 보았다. 볼수록 끌렸다. 어쩌면 도공의 전생에 대한 잔재 때문일까? 그런 작용도 있겠지만 플레이팅 때문이었다.

절육(切肉)과 절화(切花)를 이용한 플레이팅은 이제 익숙해졌다. 그러니 또 새로운 무엇이 궁금해지는 민규였다. 민화가 그 해답을 줄 것 같았다. 하경주를 검색했다. 다행히도 그의 작품이 올라와 있었다. 하나같이 매력적인 색감을 지닌 작품들이었다.

그의 화풍은 가히 초인적이었다. 펜과 세밀한 붓을 동원한 그림은 자수인지 그림인지 분간이 가지 않았다.

간간이 들어간 원색들은 압도적인 포인트가 되었다. 사람의 시선을 미칠 듯이 잡아끄는 것이다.

자수풍의 민화……

영감이 왔다.

과일 소스와 채소 소스로 접시에 재현해 보았다. 작은 붓으로 세밀한 터치를 하는 것. 플레이팅의 분위기 격조가 한층 높아졌다.

1+1=3.

민규의 셈법이었다. 하경주의 애로를 고쳐주고 그림을 얻었다. 거기까지는 1+1=2였다. 그러나 거기서 새로운 영감을 얻어 요리에 접목시킨다. 보람에 보람을 더하는 일이었다.

오늘의 마지막 손님에게 바로 응용을 했다. 왕실 생일상 예약이었다. 예약은 남편이 했다. 부부관계에 문제가 있는 사람들이었다. 바람 때문이었다. 10층 빌딩 임대업으로 살던 남편, 젊은 여자 세입자와 눈이 맞았다. 남편은 66세, 여자는 34세. 나이 차이가 무려 32살이었다.

오래가지 못했다. 슬슬 피로도가 올라올 때 아내가 눈치를 깐 것이다. 정리를 하고 아내에게 빌었다. 말하자면 오늘 예약은 그 아내의 환심을 사기 위한 '한턱' 자리였다.

"왕비의 생일상으로 부탁해요. 다른 여자 만나보니 마누라가 제일입디다."

남편은 까놓고 당부를 해왔다.

재희와 종규도 바빠졌다.

전채로 새팥죽과 각색회, 양편육과 족병, 연절육이 나갔다. 다음으로 열구자탕과 삼색전, 화양적에 전치적을 냈다. 화양적은 쇠고기와 도라지, 표고, 달걀 등을 익혀서 꼬치에 꿴 누름적이다. 꽃에도 뒤지지 않는 오색의 조화가 입맛을 돋운다. 전치적은 꿩에 조미료를 바르지 않고 불에 구워낸 요리였다.

식사는 온면에 완자탕, 약식보만두를 낸다. 보만두 안에는 청홍 물을 들인 작은 만두를 넣어 신혼 초의 분위기를 살려주었다.

이 구성은 고종 때 신정황후 조 씨의 팔순잔치에 올라간 요리들이었다. 전복죽 대신에 새팥죽을 올리고 편육에 양고기를 쓴 정도가 달랐다. 빌딩 사장의 아내가 좋아하는 까닭이었다.

마무리는 다식, 삼색정과, 약선차로 끝냈다. 원래는 숙실과와 약반 등이 올라갔지만 둘이 다 먹을 수 없기에 구성에서 빼내고 가격을 낮춰주었다.

필요한 접시 몇 곳에 민화풍의 플레이팅을 선보였다. 아내는 좋아 어쩔 줄을 몰랐다. 공을 들이면 표시가 난다. 요리라고 다를 건 없었다.

"내가 진짜 여기 요리가 맛있어서 봐주는 줄 알아."

식사를 마친 아내, 눈에 불끈 들어갔던 힘을 뺐다.

"알았어. 알았다고. 우리 아예 한 달에 한 번씩 오자고. 먹는 게 남는 거라잖아?"

"그럼 나 내 친구들하고 예약 좀 해줘."

"친구들?"

"당신이 속 썩이는 동안 걔들이 나 위로해 줬거든. 그러니 여기서 한턱내고 싶어. 안 돼?"

"아이고, 왜 안 돼. 열 번이라도 가능하지. 여기요, 셰프님."

남편은 즉석에서 예약을 신청했다.

"자, 가시죠. 왕비님."

남편은 너스레로 분위기를 이어갔다.

"한 번만 더 딴생각해 봐. 그냥……."

아내는 한껏 우월감을 누리며 남편 차에 올랐다.

"거기 부셰프님들."

민규가 종규와 재희를 불렀다.

"네, 셰프!"

둘은 합창을 했다.

"20분 후에 궁중기방 경연 시작합니다."

민규가 통보했다. 둘의 표정은 바로 굳어버렸다.

종규와 재희.

궁중기방으로 첫 공식 충돌.

'궁금한데?'

웃는 사람은 민규뿐이었다.

―핏물을 뺀 소고기 반 근, 황기, 용안육, 밀가루, 간장, 파, 마늘, 참기름, 고춧가루.

―마, 잣, 애호박, 당근, 석이버섯.

―핏물을 뺀 소고기 반 근, 황기, 용안육, 숙지황, 밀가루, 간장, 파, 마늘, 참기름, 고춧가루, 물 3L.

―국화 잎사귀, 잣, 대추.

테이블에 세팅된 건 레시피의 재료들이었다.

앞쪽 것은 종규였고 뒤쪽은 재희였다. 특별히 다른 건 숙지황과 물의 차이. 물은 따로 준비하지 않으니 숙지황만 다르다고 볼 수 있었다. 식재료로 보아 '요록'의 레시피를 기반으로 한 것으로 보였다. 아래쪽은 고명용이다. 종규는 많았고 재희는 간단했다.

그런데…….

거기서 재희가 꿀을 슬쩍 끼워놓았다.

"……!"

종규의 시선이 잠시 출렁이는 게 보였다. 신경이 쓰이는 눈치였다.

"너도 꿀 추가?"

민규가 물었다.

"아, 아니."

종규가 고개를 저었다. 재희가 한다고 따라 할 생각은 없는 것 같았다.

식재료 뒤에 우뚝 선 종규와 재희. 나름 칼각을 유지하며 긴장과 전의를 불태웠다.

"이종규, 레시피!"

민규가 종규를 먼저 지명했다.

"삶은 고기를 콩알 크기로 썰어서 밀가루와 청장, 참기름, 고춧가루를 섞어 지진 후에 항아리에 담아 푹 찐 다음에 적당한 크기로 썰어 먹는다."

"강재희, 약선의 용도는?"

"기혈 부족으로 땀이 잘 나는 경우, 피곤하고 건망증이 있는 경우에 좋은 구성으로 황기는 기를 북돋고, 숙지황은 음을 보충하며, 용안육은 심혈을 보강, 정신을 안정, 쾌적한 수면, 기억력 증진의 목적으로 준비했습니다."

"이종규, 재희의 약선을 줄여서 말하면?"

"익기보혈(益氣補血), 익기고표(益氣固表), 양음청열(陽陰淸熱)."

"강재희, 이 레시피의 요리 시간은?"

"총 90분입니다."

"제한 시간 100분, 시작!"

민규가 전격 스타트를 알렸다.

"아, 씨… 바로 시작이네."

당황한 종규가 냄비를 잡았다. 물을 담은 냄비가 불 위로 올라가고 소고기와 약재가 투하되었다. 불은 센 불로 세팅이 되었다.

재희는 조금 달랐다.

그녀는 손부터 씻었다. 그런 다음 냄비를 불판에 올리고 고기를 가지런히 놓았다.

물 역시 고기가 움직이지 않도록 조심스레 벽에 대고 부었다. 물은 고기가 살짝 잠길 정도였다. 약재는 함께 넣지 않았다.그녀는 포제(炮製)에 들어갔으니 정선과 절제음편, 수제, 화제 중에서도 화제(火製)였다.

재희는 약재를 팬에 넣고 적당히 볶았다. 약효 성분의 용출을 빠르게 하려는 목적이었다. 볶아낸 약재는 다른 통에 넣어 따로 달였다.

　기본 충실.

　시작은 재희 쪽이 좋았다.

5. 부세프들의 경연

"아이고, 저러고 있으니 영락없이 셰푸네, 셰푸야."

구경하던 황 할머니가 뿌듯한 듯 고개를 끄덕거렸다.

물이 끓어오르자 둘은 잡티를 걷어내기 시작했다. 재희는 작은 나무 숟가락이었고 종규는 쇠 국자였다. 20분이 지나자 불을 줄였다. 이제는 중불이었다.

재희가 양념장에 착수했다.

사사삭!

다다닥!

파를 자르고 마늘을 다졌다. 종규도 지지 않았다. 간장이 동원되고 고춧가루도 더해졌다. 재희의 승부수는 계량이었다.

레시피대로 달고 덜어내 섞었다. 종규는 다른 길을 갔다. 레시피에 따르지만 미각에 승부를 걸었다. 간장을 조금 더 넣고 참기름은 줄였다.

칼같은 레시피 적용의 재희.

레시피와 미각을 살린 종규.

결과가 궁금해지는 민규였다.

고명 만들기도 재희가 먼저였다. 바람처럼 손을 닦은 재희가 국화잎을 짚은 것. 그걸 본 종규도 도마 앞에서 칼을 잡았다.

'오행 고명……'

민규는 둘의 의도를 꿰고 있었다. 종규가 갖춘 재료는 오방색이었다. 마, 잣, 애호박, 당근, 석이였으니 흰색, 노랑, 파랑, 빨강, 검정의 다섯이었다. 마 껍질을 벗겨 소금물에 담고, 애호박은 껍질을 깎아 살짝 데쳤다. 당근은 실채로 썰어 석이버섯과 함께 준비. 뭘 구성하려는 건지는 아직 알 수 없었다.

재희는 국화잎을 가지런히 씻어놓고 돌려 깎기로 대추 살을 얇게 오려냈다. 두툼한 살을 몇 겹으로 깎아내니 꽃 모양을 만드는 것 같았다.

30분이 지났다. 이제 고기에 파와 마늘이 들어갔다. 잡내를 잡는 과정이다. 재희의 약물 달인 것은 이 타이밍에서 첨가가 되었다.

고기와 약재를 처음부터 함께 끓인 종규.

약물을 따로 받아 중간에 넣은 재희.

조금씩 가는 길이 멀어졌다.

둘은 본격적으로 긴장하기 시작했다. 고기를 익히는 건 불의 몫. 요리의 시작은 불 다음이기 때문이었다. 둘은 아주 진지했다. 마치 진짜 요리 대회에라도 나온 것 같았다.

땡!

재희의 타이머가 울었다. 언제 타이머까지 동원한 재희였다. 종규는 헐레벌떡 시계를 보았다. 그리고 재희의 타이머에 흔들리지 않고 자신의 시간을 지켜 고기를 꺼냈다.

사삭사삭!

다닥다닥!

칼 놀림이 시작되었다. 시간을 당길 수 있는 곳은 여기밖에 없었다. 칼질은 종규가 압도적이었다. 고기도 세밀하게 썰었다. 그러나 자투리 고기를 대충 써는 만행(?)을 저질렀다. 재희는 자투리까지도 똑같은 크기로 썰어놓았다.

재희의 꿀은 여기서 투입되었다. 반죽에 넣고 섞은 것. 양념장까지 더해지고 고기 반죽이 완성되었다. 고기는 김이 오른 찜통으로 들어갔다. 이제 세팅할 접시가 나왔다. 종규는 푸른 빛이 도는 질그릇이었고, 재희는 샛노란 접시였다.

재희의 눈은 타이머에 있었다. 시간은 이제 종국으로 치닫고 있었다. 종규의 타이머는 후각이었다. 찜통의 냄새를 맡고 있으니 그건 민규의 방법과도 같았다.

그런데…….

"……?"

둘을 보던 민규가 가만히 촉각을 세웠다. 종규가 찜통의 불을 꺼버린 것이다. 재희보다 먼저였다.

땡!

재희의 타이머는 그로부터 2분 쯤 후에 울렸다.

결과만 본다면 둘은 거의 동시에 세팅을 끝냈다. 종규의 장식물 재료 가짓수가 많았지만 2분을 당긴 여유 덕을 본 것.

"끝!"

"끝났어요!"

둘의 종료 선언 역시 거의 동시에 나왔다.

"……!"

민규 눈이 두 접시의 요리에 꽂혔다.

―약선궁중기방(基方).

자태는 기가 막혔다. 한 입 크기로 잘린 고기는 간간한 향과 함께 군침을 자극하는 색감이었다.

종규의 고명은 오색 실타래였다. 마 채와 당근 채, 애호박의 껍질 색을 살린 채, 석이의 채를 잡아맨 듯 배열한 잣의 위엄이 포인트였다. 청잣빛이 감도는 접시와의 매칭도 나쁘지 않았다.

그에 비해 재희는 송이송이 모란꽃을 피워놓았다. 특히 대추 살이 압권이었다. 대개는 돌려 깎은 대추 살을 가로로 잘라 꽃 모양을 살린다. 재희는 거기서 한발 더 나가 꽃송이를 키워놓았다. 서너 개의 대추 살을 덧감아 주먹(?)만 한 크기로 볼륨을 살린 것. 잣 또한 세로로 썰어 꽃술의 사실감까지 시도했다. 그 세밀함은 민규가 잣에 새긴 용 그림에서 얻은 힌트였다. 어쨌든 샛노란 색감의 접시 위에서 기방도 꽃이고 고명도 꽃이었다.

"강재희, 요리 해설."

민규가 재희를 지목했다.

"저는… 원전 레시피 구현에 중점을 두었어요. 아직은 마음대로 응용할 주제가 아니라서요. 다만 접시는 요리를 부각시키기 위해 컬러풀한 노랑을 선택했습니다."

"약재는 왜 포제를 했나?"

"약 성분을 더 효과적으로 얻기 위해서 그랬습니다."

재희가 답했다. 포제를 제대로 적용한 그녀였다.

"따로 우려서 넣은 건?"

"처음부터 넣으면 고기의 잡내 때문에 약재의 효능이 떨어질지 몰라 잡티를 걷어낸 다음에 넣었습니다. 좋은 걸 나쁜 것과 함께 섞는 건 좋지 않다고 생각했어요."

"종규는 어떻게 생각해?"

민규의 화살이 종규를 겨누었다.

"나도 포제를 생각했지만 황기와 용안육의 상태가 좋았고 포제를 하지 않아도 무방할 약재라고 판단해 처음부터 같이 끓였습니다."

종규의 답도 스스럼이 없었다.

"좋아. 그럼 재희, 꿀은 어떤 목적으로 사용했나?"

다시 재희에게 질문을 날리는 민규.

"미네랄과 비타민 때문이기도 하지만 소고기를 연하게 하려고 넣었습니다."

"다음 종규."

민규의 호명이 종규에게 넘어갔다.

"나도 원전 충실. 그래서 고명도 백황청적흑의 다섯 가지를 다 썼고, 접시도 붉은 소고기 재료를 살리는 청색으로 골랐습니다."

"원전 충실인데 양념 양은 왜 줄였지? 그리고 찜 시간은?"

"양념장은 내가 고른 소고기 재료의 구수한 맛이 재희 것보다 좋았기 때문입니다. 그래서 소고기의 참맛을 살리기 위해 간을 약하게 했습니다. 찜 시간을 줄인 건 두 가지 이유가 있습니다. 첫째는 재희 고기보다 조금 더 작게 썰었고, 두 번째는 양념과 고기가 조화를 이루는 시간이 거기라고 생각했고요."

"왜 작게 썰었어?"

"꿀 때문에요."

"꿀?"

"그때까지 재희가 꿀을 쓰지 않았거든요. 그렇다면 반죽에 넣거나 완성된 요리에 뿌리는 건데 전자 쪽이라고 봤어요. 꿀이 들어가면 고기가 부드러워지니까 그걸 만회하려면 고기를 더 다지는 수밖에요."

"고기와 양념의 조화는 무슨 기준?"

"냄새입니다. 그때쯤의 냄새가 제일 좋았거든요."

"시식 준비."

설명이 끝나자 심사 과정으로 돌입했다. 종규든 재희든 특별한 멘트는 해주지 않았다. 이 순간, 민규는 이성계의 숙수가 된 제자를 가르치는 권필의 심정이었다. 요리는 과정이 중요하지만 맛도 중요하다. 약선이라면 효과까지도 중요했다.

"할머니, 잠깐만요."

민규가 할머니의 눈을 가려주었다. 공정성을 기하기 위한 방편이었다.

"아유, 눈까지 가려?"

"그래야 공정하죠."

민규가 말했다. 이미 설명을 들은 할머니였기에 군말은 나오지 않았다.

"아, 하세요."

"아!"

할머니가 입을 벌리자 재희의 고기가 들어갔다.

"냄새가 좋네. 꼭 떡갈비 먹는 거 같은데??"

할머니의 감상 평이 나왔다.

하긴 떡갈비와 다를 것도 없었다. 다지듯이 썰어낸 고기에 양념을 넣은 후 다시 쪄냈기 때문. 기름에 굽지 않아 담백하기까지 했으니 입에 넣으면 저절로 풀어졌다.

"하나 더 드세요. 똑같은 겁니다."

민규가 한 점을 더 물려주었다. 할머니는 우물우물 잘도 먹었다.

"그 맛 잘 기억하세요. 이번에는 다른 사람 겁니다."

그사이에 민규도 함께 맛을 보았다. 재희의 표정은 점점 굳어갔다.

세 번째부터는 종규의 요리였다.

"맛나… 흐음……."

할머니 코에서 동그란 맛김이 뿜어져 나왔다. 거기에 하나 더 추가. 할머니의 시식은 그 선에서 끝났다. 민규도 우물거리던 종규의 고기를 넘기면서 시식을 끝냈다.

"처음 두 점이 더 맛있어요? 아니면 나중 두 점이 더 맛있어요?"

눈가리개를 풀어준 민규가 물었다.

"아유… 그게……."

"천천히 생각하세요."

"아니, 모르겠어. 그것도 좋고, 나중 것도 좋고……."

할머니 말의 의미는 무승부 쪽이었다.

"할머니, 그러시면 안 돼요. 둘 중 하나를 선택하셔야……."

"몰라. 내 입에는 다 좋은 걸 어쩌누? 그래도 닭으로 만들고 국물이 있었으면 더 좋았을 것 같은데……."

할머니는 불뚝 고집 뒤에 자신의 취향을 섞어놓았다. 닭을 좋아하는 할머니. 나이 탓에 국물 요리를 선호하는 취향… 결국 민규가 결론을 내렸다.

"너희들!"

재희와 종규를 바라보았다. 둘은 숨도 제대로 쉬지 못했다. 이제 평가가 나오려는 건가? 하지만 민규의 말은 둘의 기대를 심하게 넘어가 버렸다.

"다시 한판 해야겠다. 이번에는 오늘의 심사 위원장, 황 할머니 취향에 맞춰서."

조선시대 연포탕.

증보산림경제판.

검색은 금지.

단서와 함께 시제를 던져놓았다.

연포탕.

육수에 낙지를 통으로 넣고 소금 간을 한 후에 마늘, 쪽파, 미나리 등을 넣고 끓여내는 탕. 시원한 국물 맛이 일품인 탕이다. 저칼로리 스태미나 식품으로 콜레스테롤을 억제하고 빈혈 예방에도 탁월한 효능을 가지고 있다.

하지만 '조선시대'라는 수식어가 붙으면 연포탕은 180도 바뀐다. 연포탕의 낙지가 증발해 버리고 다른 식재료가 들어오는 것이다.

증보산림경제라는 단서 또한 이유가 있었다. 조선시대의 연포탕 역시 시기별로 레시피가 변하는 까닭이었다.

저 유명한 정약용도 이 연포탕을 즐겼다. 그때 그가 먹은 연포탕의 식재료는…….

민규의 시선은 재희와 종규를 향하고 있었다. 둘의 얼굴에는 한숨이 덕지덕지 붙어 있었다. 조선시대 연포탕. 당연히 낙지탕이 아닌 건 알고 있었다. 문제는 산림경제였다. 거기 나오는 레시피까지는 구분하지 못하는 것이다.

"아!"

영감의 시작은 재희 쪽이었다. 재희는 재빨리 식재료 창고로 가서 재료를 골랐다. 그녀가 고른 건 닭과 소고기였다. 그 다음에 두부를 고르고 밀가루와 달걀, 파, 석이, 표고 등을 담아 주방으로 뛰었다. 종규는 그제야 창고 문을 열었다.

닭을 반으로 갈라 손질을 했다. 이제 남은 건 소고기. 두 고기의 핏물을 꼼꼼히 뺀 후에 솥에 넣고 삶았다. 다른 솥에는 육수를 끓였다. 그녀의 육수는 마른 채소와 파, 다시마, 건멸치, 건새우 등이었다. 들어간 약재는 아까와 비슷했다. 팬에 살짝 볶은 후에 육수에 넣은 것. 처음부터 함께 끓이는 게 아까와 달랐다.

다음은 두부였다. 납작한 모양을 살려 썰어낸 후 기름에 노릇하게 지져냈다. 그런 다음 달걀의 황백을 분리해 두 색의 지단을 부쳐냈다.

종규도 비슷한 과정을 거쳤다. 그러나 소고기는 쓰지 않았다. 하지만 닭을 다루는 건 아주 달랐으니, 닭 살을 분리해 낸 것이다. 살은 물에 삶고 뼈는 끓는 물에 살짝 담갔다가 육수에 넣었다.

건채소를 넣은 육수와 닭 뼈가 들어간 육수.

둘의 육수는 여기서 갈라졌다.

고기가 익어 나오자 고기를 찢었다. 종규는 닭뿐이니 닭을 찢었지만, 재희마저도 그랬다. 어쩐 일인지 건져둔 소고기에는 눈길도 주지 않은 것이다.

꼴깍!

육수 끓는 소리와 고기 냄새에 할머니의 목젖이 쉴 새 없이 반응했다.

요리는 어느새 정점에 가까워져 있었다. 재희는 간을 맞춰 지진 두부에 표고, 석이버섯 등을 옆에 둘렀다. 거기 찢은 닭고기를 올리고 육수를 부어낸 후 황백지단에 더해 미나리 세 줄기로 포인트를 주니 요리의 완성이었다. 종규의 마무리에는 실고추가 더해졌다. 연포탕이 끝났다.

"재희."

민규가 재희를 바라보았다. 설명하라는 눈빛이었다.

"조선시대 연포탕에는 닭과 소고기를 함께 쓰는데 할머니는 닭고기를 선호하시니 소고기는 맛을 더하는 역할만 맡기고 그릇에는 넣지 않았습니다."

재희 답은 자동으로 나왔다.

"종규!"

"나도 같은 이유로 소고기를 쓰지 않았습니다. 어차피 싫어하는 거라면 애당초 안 넣는 게 좋다고 보았습니다."

종규도 자동이었다.

"좋아. 그럼 연포탕에는 왜 닭이 들어갔을까?"

민규가 둘을 바라보았다.

"쇠고기는 돼지고기만 못하고 돼지고기는 꿩만 못하고 꿩고기는 살찐 암탉만 못하다는 말이 있는데 그 때문이 아닌가 합니다."

재희의 설명이었다. 종규도 입을 벙긋했지만 이내 다물어버렸다. 재희에게 뺏긴 선수였다.

"그게 다야?"

"……."

"힌트는 두부다."

"아!"

이번에는 종규가 먼저 반응을 했다.

"말해봐."

"두부라면… 조선시대에 함부로 먹을 수 있는 재료는 아니지만 그렇다고 넘보기 어려운 것도 아니었습니다. 그러니 두부가 흔해지면서 서민적인 두부에 어울리는 닭이 자연스럽게

재료로 쓰였을 것 같아요."

"맞았다. 하지만 순발력으로 맞춘 거지?"

"헤헤……."

종규가 배시시 웃으며 자수를 했다.

궁중기방과 같은 방식으로 시식에 들어갔다. 할머니는 눈을 가린 채 두 요리를 맛보았다.

"음… 고기로 치면 처음 먹은 게 푸근하면서 깊은 맛이 있고… 국물은 처음 것도 개운하지만 나중 것이 더 진한 감칠맛이고……."

할머니가 중얼거렸다.

"둘 중 하나만 선택하세요."

민규가 웃었다.

"그럼 고기로 가야겠지? 나 같은 늙은이야 국물 좋아하지만 다른 사람들은 고기가 중요할 테니."

할머니는 재희의 손을 들어주었다. 처음 먹은 요리가 재희 것이기 때문이었다.

"녹화 보조는 재희가 간다."

민규가 칼 선언을 내놓았다.

"아싸!"

재희가 주먹을 불끈 쥐었다.

"야, 가서 잘해. 아니면 죽을 줄 알아."

종규는 쿨하게 승복했다. 그것으로 간이 요리 대결은 끝이었다.

"왜 그랬어?"

할머니와 재희가 집으로 간 후에 민규가 중얼거렸다.

"나?"

"여기 너 말고 누가 또 있냐?"

"뭘?"

"시치미 뗄래?"

"으아, 형은 그런 것도 다 보여?"

"당연하지. 니가 누구 동생인데?"

"헤헷, 궁중기방의 소고기 자투리, 찜 시간 단축, 연포탕에서 소고기 빼먹기?"

"연포탕에서 재희보다 늦게 움직인 거, 알면서도 대답 안 한 거."

"…솔직히 형하고 나하고 같이 나가면 내가 워낙 한 인물 하는 바람에 형이 밀리잖아? 게다가 약선요리니까 음양에 맞춰서 남녀가 나가야 화면이 살지."

"야, 이종규."

"그렇다고 다른 것까지 봐준 건 아니야. 재희… 내가 앞선 줄 알았는데 만만치 않데? 형이 보기에도 그렇지?"

"아, 이 자식, 진짜……."

종규 목을 감아쥐고 알밤을 퍼 먹였다. 민규 못지않게 속이 깊은 종규. 약선요리 첫방의 보조 출연자는 종규의 통 큰 양보로 결정이 된 셈이었다.

그날 밤, 녹화 일정이 이메일로 들어왔다. 체중조절에 자원한 여섯 희망자의 확정이었다. 현장에는 그들을 담당했던 진료 의사들이 참관인으로 온다고 했다. 희망자들의 자료는 받지 않았다. 혹시 모를 사전 조작설을 방지하기 위해 당일, 현장에서 보기로 했다.

장광의 인사 전화도 들어왔다.

─그건 딱 이 셰프 자리인데 왜 나를…….

─아무튼 약선요리의 명예에 목숨을 걸고 잘해보겠네.

그의 다짐이 귀에 오래 남았다.

이제 남은 건 녹화였다.

살 빼는 요리와 살찌우는 요리…….

음양의 과제를 어떻게 해치운다?

6. 비만 파괴자

"저기 온다."

KTBC 방송국 앞, 주차장에 있던 홍설아가 빼액 소리를 질렀다. 그녀 옆에는 우태희에 배여리, 윤화, 남예슬, 메이플링 등 민규를 추종하는 연예인 클럽이 포진해 있었다.

"이 셰프님……."

민규가 내리자 그녀들이 몰려왔다. 홍설아는 말할 것도 없고, 피부가 까뭇하던 배여리의 피부도 좋아져 있었다. 민규의 초빛을 단골처럼 드나든 덕분이었다.

"셰프님!"

미녀 군단의 다리 틈새를 비집고 나온 건 홍항아였다.

"어, 항아?"

"그동안 안녕하셨어요?"

항아의 배꼽 인사는 몹시 정중해 기특하다는 생각까지 들었다. 민규가 항아를 번쩍 안아주었다.

"안녕하십니까? 셰프님."

다음은 그녀들의 매니저, 혹은 코디네이터들이었다. 바늘 가는 데 실 간다고, 그들이 빠질 리 없었다.

"어? 혹시 다들 청사요리행주방에 출연하시는 건가요?"

항아를 내려놓으며 민규가 물었다.

"아뇨. 홍설아 파워에 강제 동원 되었어요."

최연장자 윤화가 입을 삐죽거렸다.

"언니, 내가 언제?"

홍설아가 정색을 했다.

"쟤 좀 봐. 아주 대놓고 생까네? 오늘 너 첫방이라고 강제로 호출한 거잖아? 프로그램 좀 빛내달라고."

"언니이……."

"쟤가 저렇다니까요. 가요. 셰프……?"

민규 팔을 잡으려던 윤화가 소스라쳤다. 팔이 허전했다. 민규는 이미 우태희에게 납치(?)된 후였다.

"야, 우태희. 너 예쁘면 다야? 이런 데서는 언니 체면 좀 살려줘야지?"

윤화가 발을 굴렸지만 우태희와 악녀들은 그대로 입구로 뛰었다. 그러다 입구에서 다른 프로그램의 출연자와 부딪쳤다. 놀이공원에서 백마 마차를 끄는 80대 할아버지였다. 할아버지는 함께 출연하는 애마를 차에서 내리던 중이었다.

"죄송합니다."

우태희가 미인계를 앞세웠다. 다행히 할아버지는 화내지 않았다. 우태희의 미모 파워였다.

"아, 우리 형, 여난의 시작이다. 일부는 나한테 양보해도 되는데 말이야."

뒤따라 내린 종규의 눈에는 부러움이 가득했다.

"허튼 꿈 그만 꾸고 식재료나 챙기세요."

옆에 있던 재희가 박스를 안겨주었다.

"셰프님."

대기실에 들어서자 천광술 피디가 벌떡 일어섰다. 그 옆에는 국장과 본부장도 있었다. 이 프로그램에 대한 관심이 얼마나 깊은지 보여주는 장면이었다.

"그럼 우리는 귀빈 인도를 마치고 분위기 장악을 위해 녹화장으로 갑니다."

우태희, 거수경례까지 하더니 패거리를 몰고 대기실을 나갔다.

"홍설아 씨 파워가 굉장하네요. 우태희 씨에 윤화 씨에 요즘 한창 뜨는 남예슬 씨까지……."

국장이 입을 쩌억 벌렸다.

"쳇, 뭐 저 응원하러 온 줄 아세요? 솔직히 이 셰프님에게 잘 보이려고 온 거지."

홍설아가 볼멘소리를 냈다. 그 뒤를 이어 장광이 도착했다.

"안녕들 하십니까?"

그답게 걸쭉한 목청으로 대기실을 흔들었다. 보기만 해도 든든한 사람이었다.

"그럼 첫방 프로그램 진행안에 대해 잠깐 설명을 하겠습니다. 전체적인 콘셉트는 고정 진행자이신 장광 셰프님, 홍설아 씨하고 이틀 동안 충분히 맞춰보았고… 오늘은 스페셜 게스트로 모시는 이 셰프님에 맞춰보기로 합니다. 기획 회의 결과, 오프닝은 한국 대표 약선요리 고수들이 그들의 주방에서 협찬요리와 함께 축하 인사말을 하는 것으로 구성하고 다시 스튜디오 무대로 돌아와 장 셰프님이 오프닝 멘트를 하시게 됩니다."

천 피디가 말하는 동안 모두는 귀를 기울였다.

"이때 약선 고수님들은 오행의 금수화목을 주제로 한 요리를 하고 장 셰프님이 토를 주제로 한 요리를 무대에서 구현하면서 꿈의 약선요리 다섯 가지를 완성. 요리로써 다른 먹방과 완벽한 차별화를 암시, 내지는 증명하게 됩니다."

"……."

"이 셰프님은 여기서 등장합니다. 홍설아 씨가 바람잡이 멘트로 요리의 약선요리의 신비성을 부각시킵니다. 진행은 비만 체형의 살을 빼고 빼빼 마른 체형을 살찌우는 차례로 갑니다. 이 셰프님의 이벤트가 끝나면 장 셰프님이 연관 요리를 직접 선보이는 과정으로 갑니다. 홍설아 씨의 감량 선언은 적당한 데서 나오면 되는데 장광 셰프님의 샘플요리가 나올 때 하시면 좋을 것 같습니다."

"……."

"극적인 분위기와 신뢰도 제고를 위해 약선과 궁중요리 최고의 권위자, 관계자들을 참관인으로 모셨습니다."

"……."

"어떻습니까? 이 셰프님."

설명을 끝낸 피디가 민규를 바라보았다.

"저는 괜찮습니다."

"아무튼 잘 부탁드립니다. 첫방의 시청률은 이 셰프님이 쥐고 계십니다."

"제 뒤에 장 셰프님이 계십니다. 뒤가 이렇게 든든하니 걱정하지 않습니다."

"아이고, 내가 할 소리네. 내가 이 셰프 믿고 이 프로그램 맡은 거야."

듣고 있던 장광이 호방하게 웃어젖혔다.

"……!"

스튜디오에 들어서던 민규가 소스라쳤다. 참관인들 때문이었다. 궁중요리의 전설 박세가도 있고 변재순도 나왔다. 약선요리의 대세로 불리는 해인 스님과 광보 스님, 월하 스님에 이어 종가요리의 권위자 유혜정까지 보였다. 이론 전문가들 중에는 진우재를 비롯해 손승기와 권병규가 있었다. 그야말로 권위자와 실력자들의 총출동이었다.

"선생님!"

박세가와 변재순에게 먼저 인사를 했다.

"반갑네. 오늘도 멋진 요리 부탁하네."

박세가가 대표로 말했다.

"몸은 좀 어떠십니까?"

해인 스님 쪽은 안부부터 물었다.

"보다시피… 여기서도 이 셰프의 약선요리 한번 제대로 보여주세요. 대한민국, 아니, 세계의 요리사들이 놀라 자빠지도록."

"어려운 걸음까지 하셨으니 장 셰프님이 빛나도록 보조 한번 제대로 해보겠습니다."

광보 스님에 이어 유혜정에게까지 인사를 마친 민규가 진우재 앞에 섰다. 진우재는 허튼 말을 대신해 엄지를 세워 보였다. 민규도 엄지로 인사를 받았다. 그동안 진우재는 몇 편의 기고문을 썼다. 그중 두 기고문은 민규가 주인공이었다.

'민족의 자주성을 찾아가는 역사가들 못지않게 민족 맛의 기원을 찾아가는 젊은 셰프. 우리 모두는 그의 위대한 행보를 주목해야 한다'

요약하면 그런 내용이었다. 특별하게 교분을 갖지는 않은 두 사람. 그러나 마음으로 통하고 있었다.

"선배님."

방청석 쪽에서 차미람과 후배들의 목소리가 들려왔다. 방송에서 나간 예고편을 보고는 달려온 모양이었다. 민규가 하나하나 손을 잡아주었다. 미래에는 그들이 요리의 달인이 될 일. 현재가 초라하다고 해서 결코 무시하지 않았다.

"선배님……."

차미람과 후배들은 진심 어린 배려에 어쩔 줄을 몰랐다. 고개를 돌리다 또 반가운 사람을 보았다. 이규태 박사와 후배 의사들, 허달구 회장, 김순애와 멤버들, 심지어는…….

"이모!"

민규는 눈을 의심했다. 방청석 구석에 이모와 이모부까지 등장해 있었다.

"아, 이거 몰래 보다가 튀려고 했는데……."

선글라스 변장(?)까지 한 이모부가 안경을 벗으며 웃었다.

"아, 진짜… 그게 말이 돼요? 오시면 진작 말씀을 하셨어야지……."

"아니야. 우리 진짜 바쁘거든. 오늘도 서울의 대형 호텔에서 물건 상담차 왔다가 잠깐……."

"결과는요?"

"당연히 오케이지. 대한민국에 네 이모부만큼 해산물

전문가 있니? 게다가 미국하고 일본에서도 인정받은 실력인데……."

이모가 끼어들었다.

"잘됐네요. 역시 이모부십니다."

"아무튼 우리는 조금 보다가 갈 거야. 내일 새벽에 미국 배편에 실어야 할 해초류가 있거든. 그러니까 안 보이면 그런 줄 알고 잘해."

이모가 민규 등을 토닥여 주었다. 그 어떤 응원보다도 힘이 되는 체온이었다.

"이민규, 이민규!"

민규가 돌아서자 우태희를 필두로 연예인 응원이 터져 나왔다.

"이민규, 이민규!"

차미람과 후배들도 그 대열에 끼었다. 민규는 뜨끈해진 심장을 달래며 대기실로 향했다. 이제 또 하나의 역사를 요리할 시간이었다.

"잘해라. 아니면 죽는다."

분장실의 종규, 재희의 숙수풍 요리복을 갈무리해 주며 으름장을 놓았다. 민규의 대령숙수풍 요리복은 재희가 마무리를 해준 후였다.

"쳇, 나한테 밀렸다고 협박이야?"

"이번만 밀려준 거다. 알아?"

"피이, 내가 오빠한테는 절대 안 질 거거든."

"그거야 나중에 보면 알지. 아무튼 형 보조 잘해라. 카메라 앞이라고 후덜덜 떨지 말고."

"제 걱정은 마세요. 셰프님이 차분해지는 약수까지 챙겨주셨으니까."

재희가 여유를 보였다.

'약수……'

민규의 필살 아이템.

그거라면 닥치고 믿을 수 있었다.

저만치 피디와 홍설아 앞에 선 민규. 홍설아에게도 초자연수 한 잔을 권하고 있었다.

'형……'

종규가 혼자 되뇌었다.

보기 좋다.

우리 형…….

종규의 심장도 불이 들어온 듯 뜨끈해졌다.

"피디님, 준비 끝났습니다."

스태프의 외침을 들으며 종규가 분장실을 나왔다. 바로 그때, 앞쪽의 대기실이 열리며 오늘의 체중조절 자원자들이 나왔다. 과체중은 여자 둘에 남자 하나, 저체중은 반대로 남자 둘에 여자 하나. 극명한 대조를 이루는 자원자들은 각각 장벽과 대꼬챙이를 닮아 있었다.

쿵쿵!

과체중들이 지나가자 복도가 흔들렸다.

휘청휘청.

저체중들의 움직임은 위태해 보이기까지 했다.

'젠장!'

민규에 대한 신뢰감으로 가득하던 종규가 긴장하기 시작했다. 직접 본 자원자들이 종규의 상상을 넘어선 까닭이었다.

*　　　　*　　　　*

쓰리!

투!

원!

"큐!"

천광술의 사인과 함께 스튜디오 조명이 밝아졌다. 무대 위에 가득한 건 어마무시한 요리의 퍼레이드였다. 세계 3대 진미로 꼽히는 푸아그라, 송로버섯, 캐비어 요리가 시작이었다. 화면은 요리의 본고장 프랑스 요리를 보여주더니 푸짐한 중국으로 옮겨 갔다. 다음으로 터키의 요리가 이어졌다. 꿈처럼 달콤하고 담백한 요리가 클로즈업되는 가운데 최고 성우의 내레이션이 나왔다.

[인류의 역사가 시작된 이래로 단 1초도 멈추지 않은 시계가 있습니다. 바로 '음식'이라는 시계입니다. 처음 간단한 음식을 즐기던 인류는 21세기에 접어들면서 음식을 하나의 문화로 향유하고 있습니다. 여기 보이는 수많은 요리들은 인류의 역사이자 일기이며 한 부분이 아닐 수 없습니다.

인간은 먹지 않고 살 수 없습니다. 그 행위의 가치도 많이 변했습니다. 과거에는 생명 활동의 일환일 뿐이었지만 이제는 향유이자 삶의 보람으로 자리 잡았기 때문입니다.

스마트폰 시대가 열리면서 사람들은 먹는 행위에 더욱 몰입하게 됩니다. 수많은 검색어 중 인기 단어에서 내려가지 않는 단어, '맛집'. 친구를 만나도 여행을 가도, 회식이나 모임을 해도 맛집을 찾습니다. 단순한 생명 영위 활동에서 하나의 럭셔리 문화이자 여가로 정착된 음식⋯⋯.

그사이에 음식의 패러다임도 굉장히 많은 변화를 겪었습니다. 양을 위주로 하는 시대를 거쳤고 위생을 중시하는 때도 있었으며 퓨전에 열광하는 시간도 있었습니다. 그러면서 사람들은 생각하게 되었습니다. 가장 건강한 음식은 과연 무엇일까? 이러한 의문은 현대에 들어, 인간의 활동량이 줄어들면서 고칼로리로 인한 고도비만과 여러 가지 공해와 오염, 자극적인 음식에 대한 시대적 요청으로써 대두되고 있는 게 사실입니다.

그렇다면 그 대안은 무엇이 있을까요? 이 프로그램은 그 대안을 찾아가는 탐험이자 실현이며, 궁극적으로는 우리나라의 음식과 요리의 원형을 찾아 한국인에게 가장 건강한 요리의 모델을 제시하는 싱싱 프로그램을 구현해 보고자 서막을 열게 되었습니다. 그 서막 속으로 출발합니다.]

내레이션과 함께 거장들의 모습이 나왔다. 첫 주자는 변재순이었다. 그녀는 정갈한 궁중탕평채를 선보였다. 다음은 박세가가 맡았다. 그 역시 궁중요리의 하나인 각색전을 구현했다. 화면이 바뀌며 해인 스님이 사찰요리를 선보였고 광보 스님과 유혜정 역시 정갈한 전통요리로 화면을 달구었다. 마지막은 장광 셰프가 장식했다. 그의 요리는 보는 사람의 감성을 몸서리치게 만드는 삼색설기였다.

"청사요리 한국의 맛이 여기 있습니다."

마지막은 그들이 함께 모여 자신들의 요리를 내미는 화면으로 장식이 되었다. 거장들의 요리 작품이 클로즈업되면서 분위기를 확 올려놓는 오프닝이었다.

그 요리들을 천천히 부각시키며 내레이션이 이어졌다.

[한국 요리, 가만히 더듬어보면 깊은 역사와 엄청난 잠재력을 가지고 있습니다. 무엇보다 한국 요리는 소박하면서도 담백하고, 건강하다는 게 장점입니다. 바로 이 시대가 찾는 이상적인 요소가 한국의 요리 내력에 숨어 있는 것이죠.

여기 그 모델이 되는 요리가 있습니다. 우리가 잊고 살았지만 우리 것이며, 프랑스요리에 결코 뒤지지 않는 유려함에 중국이나 터키요리를 뛰어넘는 비주얼, 그리고 맛까지 살아 있습니다.

한국에 그런 요리가 있었냐고요? 물론 있습니다. 이 요리는 얼마 전에 비공개로 열린 외교 만찬장에서 선보인 것으로 맛과 멋, 건강을 모두 충족시킨다는 평을 받았으며 국내외 요리 전문가들조차도 극찬을 보내온 요리입니다. 저를 비롯한 여러분이 한 번도 보지 못한 우리 한국의 요리. 그 요리의 가능성을 이어받아 단순히 칼로리로써의 요리가 아니라 몸과 마음을 정화하는 건강한 요리 정신을 추구할 것을 약속드리며… 청정사계요리행주방, 멋과 맛에 건강까지 추구하는 정갈한 요리 세계로의 항해를 시작합니다!]

내레이션이 여운을 남기며 멈추자 작은 요리 하나가 화면에 들어왔다. 카메라는 쾌속 클로즈업 기법으로 요리를 속도감 있게 부각시켰다.

"아!"

방청석에서 탄성이 쏟아져 나왔다. 탄성은 거의 예외가 없었으니 일부는 자리에서 벌떡 일어서기까지 했다. 그 요리는 민규의 약선무위자연면이었다. 하얀 마즙 위에 산수화처럼 굽이지는 명산 모양을 말아놓은 푸른 흙국수. 그 푸른 명산 사이에는 오늘도 장미 오림을 만든 산매화가 피었다. 산머리에 올라앉은 잣가루는 구름처럼 보였고 푸른 실오이채는 싱그러운 녹림의 일부로 보였다.

화면이 옆으로 옮겨 갔다. 이번에는 다홍의 팥물을 부어놓은 구성이었다. 오미자와 백년초의 맑은 색감을 섞어 신비감을 재현한 위엄. 원통형으로 높이 말아 세운 면발은 하늘에 닿을 듯 우뚝했고, 보는 것만으로도 안구 정화가 되었다.

무위자연면에 쏟아지던 조명이 전체를 비췄다. 면을 들고 있는 건 숙수풍 조리복을 입은 두 명의 남녀 꼬마들이었다. 그들 뒤로 홍설아가 등장했다. 그녀 역시 숙수풍의 조리복을 응용한 조리복을 입고 있었다. 꼬마들이 비켜서자 홍설아가 무대 앞에 섰다.

"청정사계요리행주방, 줄여서 청사요리방의 진행을 맡은 홍설아입니다."

그녀가 시청자들에게 명랑한 인사를 했다. 그녀의 분장 콘셉트 역시 변해 있었다. 전투적인 먹방 전사가 아니라 순박, 소담한 분위기를 입혀놓았다.

짝짝짝!

박수가 나오자 조명이 홍설아에게만 집중되었다.

"그럼 행주방의 주방장이자 여러분을 새로운 요리의 세계로 데려가실 셰프님을 모십니다."

멘트와 함께 중앙의 주방에 불이 들어왔다. 사람은 없었다.

거기 놓인 건 10여 가지가 넘는 정갈한 약선요리들이었다.

단아한 무설기와 대추설기의 위엄. 독특한 모양의 길경만두. 마복령경단에 매생이연근전. 인삼정과와 상추떡, 들깨송이와 방아꽃송아리부각, 생강나무꽃부각, 참나물들깨버무리에 계내금죽. 하수오 호두볶음, 해파리냉채에 전복죽숙볶음. 복령두부찜에 곤약볶음…….

아아아!

탄성이 효과음으로 들어오며 청아한 요리들이 부각되기 시작했다. 거기에는 버터와 기름, 고칼로리로 범벅을 이룬 요리가 아니라 먹는 행위의 신성과 품격을 높이는 요리가 있었다. 요리의 마지막에 장강이 화면에 나왔다. 그는 대령숙수와 사찰복의 중간쯤 되는 분위기의 조리복을 입고 첫인사를 했다.

"요리사에게 스펙은 필요 없다. 요리사는 오직 요리로 말한다는 사찰요리의 거목, 우리 행주방을 이끌어가실 장광 셰프님이십니다."

홍설아가 장광 옆에 자리를 잡았다. 박수 소리가 스튜디오를 울렸다. 장광의 얼굴 아래로 스펙이 흘러갔다. 영국 여왕 방한 만찬 주재, 독일 총리 방한 조찬 주재, 뉴욕 5성 호텔 글로벌 경영자 초청 시식회… 그의 스펙은 앞에 내놓은 절정요리보다도 많았다.

"행주방은 조선시대에 궁궐의 행사를 위해 마련한 특별한 조리방인데요, 우리 프로그램도 여러분의 식생활에 아주 특별한 역할을 하고 싶어 이렇게 명명했습니다."

"……"

방청객은 기대감 어린 표정으로 홍설아와 장강을 주목했다.

"여러분이 아시다시피 제가 실은 먹방 여신이잖아요? 이 우아한 몸매도 먹방에서 차곡차곡 쌓인 살이고요."

"아아하핫!"

방청석의 웃음소리가 홍설아와 보조를 맞췄다.

여기서 홍설아의 폭탄선언이 나왔다. 애당초 준비한 '다이어트 미션' 카드를 꺼내 든 것이다.

매달 3kg씩 1년에 36kg을 감량하겠습니다.

실패하면 진행자 자리를 내놓겠습니다.

"오오!"

방청석의 수군거림이 높아졌다. 홍설아는 이미 수차례나 다이어트를 시도한 적이 있었다. 그때마다 방송에서 소개되기도 했다. 하지만 그건 옵션이 없던 상황. 방송국의 전폭 지지를 받고 개편된 프로그램에서 메인 진행자를 꿰찬 마당에 실패하면 진행자 자리를 내놓겠다는 건 어마어마한 선언이었다.

"솔직히 저도 이 프로그램 놓치고 싶지 않습니다. 방송국에서도 굉장히 밀어주고 있거든요. 그럼에도 제가 이런 미션을 다짐하는 건 그만큼 약선요리와 사찰요리가 몸에 좋기 때문입니다. 보세요. 먹으면 마음이, 머리가, 피가 맑아질 것 같지 않나요?"

홍설아가 마복령경단 하나를 집어 입에 물었다.

"아!"

방청석에서 부러움의 탄식이 터져 나왔다.

"사실 제가 이런 미션을 수행하겠다고 하니까 저희 소속사에서 굉장히 말렸어요. 뭣하러 옵션을 거느냐. 굴러들어 온 복을 차려고 한다고 말이죠."

"하하핫!"

홍설아의 솔직담백한 고백에 방청석에서 실소가 터져 나왔다.

"그런데 제가 약선과 사찰요리에 대해 살짝 공부해 봤더니 이 요리들이 그저 보기 좋고 담백하게 만들어지는 게 아니더라고요. 그래서 제 소속사분들 잠 좀 편안하게 주무시라고 제가 그 증거를 보여주실 분을 한 분 모시고 왔습니다."

"……."

"물론 여기 계신 장 셰프님이 하셔도 되지만 장 셰프님은 저랑 장기 레이스를 가셔야 하잖아요? 그래서 오늘 임팩트 있는 단기전, 바로 이 자리에서 살을 찌우고 빼는 약선요리를 선보여 주실 셰프님을 따로 소개합니다."

"……."

"여러분을 약선의 신비 속으로 인도할 시대의 대세. 약선, 사찰요리의 가치를 증명해 주실 한국 궁중요리의 아이콘 이민규 셰프님을 모십니다."

홍설아의 힘찬 멘트를 따라 조명이 움직였다.

"와아아!"

조명이 민규를 다 비추기도 전에 방청석이 기립했다.

짝짝짝!

박수는 쉬지도 않았다. 마침내 민규의 등장이었다. 걸어 나오는 민규의 요리복 소매에는 작은 로고가 들어가 있었다. 협찬 광고의 하나였다.

"셰프님, 제가 막무가내 멘트를 던지기는 했는데 정말 가능합니까? 오늘 이 자리에서 약선요리로 몸무게를 뺀다는 거?"

민규와 인사를 나눈 홍설아가 분위기를 고조시켜 나갔다.

"가능합니다."

"그런데… 비만인의 살만 빼는 게 아니라 저체중자의 살도 찌워주신다고요?"

"네."

"여러분은 지금 전설이 될 선언을 듣고 계십니다. 이 자리입니다. 이 자리에서 요리를 먹고 몸무게를 달아 확인할 겁니다. 이게 말이나 되는 소리입니까?"

홍설아가 방청석을 향해 강조를 했다.

"남아일언중천금이니 일구이언은 없는 겁니다?"

홍설아가 쐐기를 박았다.

"예."

"대상자는 전문가들인 의사 선생님들이 추천합니다. 모두 다이어트나 보신에 수도 없이 실패한 사람들입니다. 그래도 되나요?"

"예."

"좋습니다. 그럼 바로 진행 들어갑니다. 나와주세요."

홍설아가 뒤쪽을 바라보았다. 그러자 초고도비만 대상자 세 명의 체중이 실내를 울리며 들어섰다.

"합계 422kg, 다이어트 실패 횟수 총 93회. 수영복 입고 해수욕장 가는 것과 동네 목욕탕 한번 가보는 소박한 일상이 소원인 이현덕, 오세미, 박상희 님입니다."

대상자 세 명이 무대에 섰다. 그들 옆에는 각각의 주치의가 의사 가운을 입은 채 동반하고 있었다. 세 명이 서는 것만으로도 스튜디오가 비명을 질렀다. 널널하던 공간의 여유가 사라진 것이다.

"다음은 살을 찌우는 게 소원인 분들입니다. 이분들의 소원도 비만인 여러분과 비슷하답니다. 세 사람의 몸무게를 다 더해도… 놀라지 마세요. 셋을 다 더해도 이쪽 한 분의 절반도 되지 않는 61kg……."

"61kg? 세 사람이?"

방청석이 술렁거렸다.

"모시겠습니다."

홍설아의 멘트가 쉴 새 없이 몰아쳤다. 저체중 대상자들이 들어섰다. 셋 다 아이들이었다. 열 살을 조금 넘은 듯한 두 아이는 정말이지 흔들흔들 대나무가 걸어오는 것 같았다. 한 아이는… 채 두 살도 되지 않은 소아였다. 엄마 손을 잡고 들어서는 아이는 바람이 불면 확 날아갈 것만 같은 7㎏이었다. 일반적이라면 11~12㎏ 정도가 되어야 하는 아이. 몸무게가 그 3분의 1에 불과한 것이다.

"아!"

극한 대조를 이루는 구성원에 방청석은 숨을 죽였다.

"어떻습니까?"

홍설아가 민규를 압박했다.

"약선요리의 도움이 꼭 필요하신 분들이군요. 도전해 보겠습니다."

민규가 답했다.

"참고로 말씀드리면 저기 오세미 님은 '고기 귀신'이라는 별명으로 먹방에 나와 치킨 열두 마리를 흡입한 적도 있고요, 다이어트 도전 횟수만 무려 52회에 위절제술까지 받은 분이고, 여기 하동민 군은 한방의 온갖 보약을 다 먹고 식사도 기름진 고기 위주로 하는데도 살이 찌지 않는 체질입니다. 그리고 여기 이현덕 님."

홍설아가 비만 팀의 남자를 가리켰다. 방청석의 몇몇이 환호와 함께 손을 흔들었다. 그는 유명한 성악가이자 뮤지컬 가수였다.

"여러분도 다 아시는 분이죠? 나오신 김에 노래 한 곡 시켜 볼까요?"

"하하핫!"

홍설아의 너스레에 방청석이 웃었다.

"이현덕 님은 미국의 비만클리닉에서도 큰 효과를 보지 못한 분입니다. 이분들에 대한 자료와 증거는 주치의를 맡으신 의사 선생님들이 가지고 오셨습니다."

홍설아의 멘트에 이어 의사들이 진단서를 들어 보였다. 진단서의 초고도비만, 초저체중은 난치병에 가까울 정도로 심각했다.

"도전합니다."

민규의 답은 변하지 않았다.

"부담이 되시면 한두 분 골라서 빼셔도 좋습니다. 기회를 드리죠."

"진짜 약선요리라면 어려운 분들을 도와야죠. 쉬운 사람을 골라서 하는 건 약선요리의 정신에 어긋나는 일입니다. 여섯 분 모두 진행해서, 여섯 분 모두 성공시켜 드리겠습니다."

민규가 칼 선언을 내놓았다. 방청석에서 뜨거운 환호가 터졌다.

민규가 대상자들 앞으로 나섰다. 악성 초고도비만과 역시 악성의 초저체중… 게다가 이미 수많은 방법을 시도하고도 실패한 사람들. 그렇다면 처음 시도하는 사람에 비해 실패 가능성이 몇 배는 높을 일.

하지만, 민규는 고민 대신 그들의 체질창을 리딩하고 있었다.

내가 못 하면 지상의 어느 약선요리사도 하기 어려운 일.

신성한 사명으로 받아들였다.

팩트.

그것조차 요리할 기세였다.

"……!"

리딩하던 민규는 세 번 놀랐다. 초고도비만 팀에서 두 번, 초저체중 팀에서 한 번이었다. 내색하지 않았다. 어려움이 없을 거라고는 생각하지 않았다. 비만과 저체중. 이는 권필과 정진도의 생에서 부단히 겪어본 일이었다.

권필은 양쪽을 다 겪었다. 왕족들은 비만이 있었다. 그러나 질병이나 특이체질로 인한 저체중도 많았다. 오늘의 기준으로 보자면, 고려시대에는 약간 살집이 있는 게 덕이었다. 광대뼈가 보이고 늑골이 드러날 정도로 마른 건 미덕이 아니었다. 그렇기에 권필은 과체중도 저체중도 약선으로 달래는 식의가 되어야 했다.

정진도는 후자였다. 빈민 병자들은 질병이 아닌 다음에야 무조건 저체중이었다. 특히 아이들의 영양실조가 심했다. 조선 후기에 그렇게 죽어가는 어린아이들은 셀 수도 없었다.

"체중감량, 왜 실패하셨어요?"

민규가 이현덕에게 물었다.

"처음에는 살을 빼니 기운이 빠지고 그래서 몸을 좀 챙기면 다시 살이 불어나고… 그때는 이런 날이 올 줄 몰랐어요. 언제든 마음만 독하게 먹으면 리셋이 될 줄 알았는데……."

이현덕이 얼굴을 붉혔다. 살로 고민하는 사람들의 현실을 대변하는 솔직함이었다. 기운은 그대로면서 살도 빼고 붓기도 빼는 법. 살을 빼고 싶은 사람들의 공통된 소원이었다.

"죄송하지만 살 한번 눌러봐도 될까요?"

"물론입니다."

이현덕이 답했다. 민규가 팔뚝을 힘껏 눌렀다.

"아!"

이현덕이 비명 소리를 냈다. 그렇게 세게 누른 건 아니었다. 그럼에도 비명이 나왔다. 근육과 살이 아픈 것이다. 힘줄까지 닿자 손을 떼었다. 눌린 자리는 바로 돌아오지 않았다. 얼굴은 노랗고 입술은 텄다. 간간이 트림까지 하고 있으니 극심한 부종. 그것도 신장이 아니라 비장 쪽이 상한 것이다.

혼탁도 그렇게 나왔다. 골골거리는 비위. 기가 바닥 아래의 지하실이었다.

"체질 확인 중이세요?"

옆에서 홍설아가 물었다.

"예."

"어떤 체질로 나왔나요?"

"이분은 土형이네요. 토형 체질식을 가미하면 유익한 시간이 될 것 같습니다."

자세한 얘기는 하지 않았다. 여기는 요리 프로그램. 한의학의 이론까지 이어지는 건 경계하는 게 옳았다.

"어떤 음식을 가장 좋아하나요?"

민규가 이현덕에게 물었다.

"등갈비요. 그거 한 다섯 짝쯤 굽거나 쪄놓고 맥주랑 먹으면 세상 부러운 게 없어요."

등갈비 다섯 짝. 상상만 해도 배가 불러왔다.

"오세미 씨는요?"

민규의 질문이 여자에게 건너갔다.

"고기예요. 남의 살은 다 좋은데 특히 참기름으로 튀겨낸 프라이드치킨은 다섯 마리쯤 먹어야 겨우 기별이 와요. 하지만 계속 폭식하면 부작용이 심각할 거라기에 작년부터 조금 줄이고 토마토와 바나나를 끼워 먹는데 살이 오히려 더 붙네요. 아, 가능하면 토마토나 바나나 좀 끼워 넣어주시겠어요. 이제는 인이 박여서……."

고기…….

민규가 고개를 끄덕였다. 그녀의 신체 전반에 뻗친 그물형 혼탁과 궤를 같이했다. 그러나 민규의 고개를 갸웃거리게 한 건 고기가 아니라 토마토와 바나나였다.

토마토와 바나나…….

이제는 치킨을 줄이고 대체 음식으로 바꾼 상황. 그럼에도 체중은 증가세였다. 그녀는 이제 물이나 공기만 먹어도 살이 찌는 치명적 비만으로 접어든 걸까?

"저는 그냥 먹는 게 취미예요. 한 번에 폭식하지는 않는데 틈날 때마다 먹어요. 그게 좀 자주라서 문제죠."

박상희는 그나마 좀 나았다.

"한 번에 먹는 양이 얼마나 되죠?"

"뭐 보통 한 2인분……."

"……."

얼굴을 붉히는 그녀는 복부와 관절, 방광 등이 좋지 않았다. 민규의 눈은 복부를 집중적으로 점검했다. 거기 특이한 혼탁 반응이 있는 까닭이었다.

"혹시 따로 말씀하실 건 없나요?"

"없어요. 기왕이면 맛있는 걸로 만들어달라는 것 외에……."

"알겠습니다."

민규가 개별 체크를 끝냈다.

"어떻게 진행할까요? 한꺼번에 다? 아니면?"

홍설아가 물어왔다.

"비만 팀의 체중을 잡는 약선부터 하고 살을 찌우는 보양 약선은 그다음에 하겠습니다."

"알겠습니다. 그럼 시작합니다. 출연자 여러분은 대기석에 착석해 주세요."

홍설아가 장내를 정리했다.

민규의 포지션은 장광의 옆 요리대였다. 소리 없이 들어선 재희가 이미 세팅까지 마친 상태였다.

"부셰프."

민규가 재희를 불렀다. 그런 다음 그녀의 귀에 대고 뭔가를 속삭였다.

"예?"

놀란 재희가 토끼 눈이 되었다.

"쉿, 조금 있다가 조용히 나가서……."

"알겠습니다."

재희는 꾸벅 인사로 지시를 받았다.

쪼르륵!

시작은 초자연수였다. 원래는 육천기를 동원해야 하는 타이밍. 육천기의 향이라면 폭주하는 세 사람의 식욕을 제어할 수 있었다. 하지만 민규의 초자연수는 그게 아니었다. 지금 이 순간은 식욕 제어 카드를 쓰면 안 되는 자리…….

평범한 사람들처럼 요수와 지장수를 동원했다. 소화 촉진에 해독 효과. 그 정도면 되었다.

"천천히 다 마셔주세요."

친절한 당부와 함께 전채(?)를 넘겨주었다.

요리대로 돌아올 때 장광이 엄지 척과 함께 미소를 보내주었다. 그의 지지는 열렬했다.

이현덕.

몸무게 123㎏에 체질량지수 45.7, 25세. 2주 후에 위소매절제
수술 예약.

체질 유형―土형.

담간장―허약.

심소장―우수.

비위장―병약.

폐대장―허약.

신방광―양호.

포삼초―양호.

미각 등급―B.

섭취 취향―대식.

소화 능력―B.

오세미.

몸무게 166㎏에 체질량지수 48.6, 32세. 육식 마니아로 위소매
절제수술 2회 경력.

체질 유형―土형에 가까운 복합형.

담간장―우수.

심소장―허약.

비위장—보통.

폐대장—병약.

신방광—허약.

포삼초—양호.

미각 등급—A.

섭취 취향—폭식.

소화 능력—A.

박상희.

몸무게 133㎏에 체질량지수 40.2, 28세.

체질 유형—火형.

담간장—보통.

심소장—우수.

비위장—허약.

폐대장—보통.

신방광—허약.

포삼초—양호.

미각 등급—A.

섭취 취향—대식.

소화 능력—B.

세 명의 체질창을 머리에 떠웠다. 특별히 문제가 되는 건 여자들이었다. 오세미도 그렇지만 박상희 또한 만만치 않았다. 그녀에는 매우 특별한 상황이 있었으니 세 번 놀랐던 것 중에서 두 번째가 그녀의 상황 때문이었다.

이현덕.

—약선조엽연자설기, 약선함초죽, 약선미나리강회, 파뿌리를 더한 마황인삼차.

오세미.

—약선조엽새팥죽, 약선구기자양갱, 약선토마토바나나쥬스, 궁중너비아니.

박상희.

—약선뽕나무창출죽, 약선조엽쑥단자, 약선연꽃차.

약선요리의 줄을 세웠다.

대추!

오늘 민규의 주 무기는 대추 시리즈였다. 비만 쪽에는 대추 잎을 가루로 낸 조엽을, 저체중에는 대추 살을 준비했다. 살을 빼고 찌우는 데는 이만한 소재가 없었다.

이현덕의 구성은 비위를 다스리는 동시에 살을 빼는 체질형 식재료를 써서 저격 감량을 노린 요리였다. 마황인삼차는 한(汗), 즉 땀을 내기 위해 끼워 넣었다. 소변을 보게 할 수도 있었지만 방송이라는 특성상 왔다 갔다 하는 것보다 시각적 확인이 가능한 땀을 택한 민규였다.

오세미의 약선 역시 체질을 고려한 감량 식재료였다. 복합형이지만 그래도 토형에 가까운 체질. 거기에 더한 팥, 구기자, 양배추는 모두 살을 빼는 식재료들이었다. 토마토와 바나나는 그녀의 요청으로 끼웠다. 바나나도 다이어트에 쓰이는 식재료니 취향에 맞춰준 것. 그러나 그녀는 따로 심각한 문제를 지니고 있었으니 재희가 미션을 수행해 와야 수월할 일이었다.

박상희의 문제는 습이었다. 배의 정체는 지방이 아니라 살과 습이었다. 그 습이 악성화되면서 관절이 나빠지고 방광에 잦은 설사까지 시달리게 된 것이었다. 여기에는 삽주의 뿌리인 '창출'이 직방이었다. 껍질을 벗기지 않고 말린 창출은 상초, 중초, 하초의 습을 고루 어루만진다. 헛배가 차는 걸 막고 임산부에게 있어서는 자궁을 튼튼하게 하여 유산을 방지하는 효능까지 겸비한다. 더불어 이뇨 작용을 돕고 몸 안의 독소와 노폐물 배출에도 탁월하다. 소변을 시원하게 하고 부종 퇴치, 뼈 쑤심에도 좋았으니 주저할 게 없었다.

세 명 공히 공통으로 들어간 건 주 무기 조엽에 더해 추로수와 급류수였다. 대추를 쪄서 먹으면 위장의 기력을 올리며 살을 찌게 한다. 그러나 잎사귀는 반대 작용을 가지고 있었다. 일명 빼빼목으로도 불리고 있었으니 체질의 임계점에 맞추면 체중감량에 신효한 효과를 볼 수 있었다.

추로수와 급류수는 허기를 막고 체중감량에 가속도를 붙이기 위한 선택이었다. 세 재료가 성패를 쥐고 있기에 그 양 조절 또한 혼탁의 임계점에 들어맞도록 신중을 기했다.

연자설기떡이 익어가고 함초죽이 끓었다. 미나리강회도 나오고 인삼차도 따라놓았다. 접시 또한 특정 업체의 협찬이었다. 로고가 잘 보이게 세팅을 부탁한다는 피디의 말을 반영해 주었다.

오세미의 것은 잠시 미뤄두고 박상희의 약선요리부터 착수했다. 쑥단자의 독특한 향에 이어 은은한 창출죽이 나오고, 연꽃차의 향이 스튜디오에 퍼져 나갔다. 다만 그녀의 조엽쑥단자에서는 조엽을 빼버렸다. 어쩌면 핵심을 빼는 일. 넣으면 좋은 효과를 볼 수 있는 일. 하지만 그녀는 조엽의 주의 사항에 해당하는 사항이 있었다. 임계점을 맞추는 거야 어렵지 않지만 그녀를 위해 성과를 조금 양보했다.

'재희……'

민규가 돌아보았다. 재희는 올 기미가 없었다. 아무리 녹화라지만 대상자들을 한없이 기다리게 할 수는 없었다. 게다가 요리란 먹어야 할 타이밍이 있는 것이다.

'할 수 없지.'

오세미의 요리도 착수를 했다. 죽은 이미 안쳐두었으니 불을 당기면 되었고, 양갱 역시 준비가 되었으니 오래 걸리지 않았다. 마지막으로 너비아니를 구웠다. 너비아니는 장식용이었다. 효과의 확인을 위해 구색을 갖추는 민규였다.

"완성입니다!"

세팅까지 끝나자 홍설아의 멘트가 높아졌다. 10여 가지의 약선요리는 자연 요리의 극치를 보여주었다. 단아, 청아, 소박, 순수, 담백… 그 모든 단어들을 포함하는 요리가 거기 있었다.

특히 민화를 응용한 소스의 장식이 압권이었다. 카메라가 확대하자 세밀한 라인이 고스란히 드러났다.

"와아!"

면을 이룬 세밀한 선들. 소스나 즙을 이용한 붓 터치와 같았으니 그림으로 보아도 무방할 정도였다. 스튜디오가 탄성으로 뒤덮였음은 두말할 나위도 없었다.

푸짐하고 기름진 요리를 선호하는 세 덩치들도 꼴깍 침을 넘겼다. 그들이 즐기는 폭식요리에 비하면 한 입 거리에 불과하지만 체질 저격용 식재료가 들었기에 구미가 당겼다. 한 가지 불만은 단지 '양'일 뿐이었다.

'뭐지?'

방청석의 종규가 고개를 갸웃거렸다. 요리는 이미 나왔다. 하지만 재희가 없었다. 아까 나간 후로 돌아오지 않는 것이다.

'문제가 있다.'

종규가 감을 잡았다. 재희에게 전화를 때렸지만 받지 않았다. 그녀의 전화기는 대기실의 가방에 있었기 때문이다.

요리는 방송 도우미들이 세팅을 했다. 세 명의 대상자가 착석한 테이블 앞에 요리가 가지런히 놓였다.

"아, 이 순간만은 저도 저 자리에 앉고 싶네요."

너스레를 떤 홍설아가 민규의 지시를 요청했다.

"셰프님, 시식해도 될까요?"

"……."

"셰프님."

"아, 예……."

재희가 나간 쪽을 바라본 민규, 별수 없이 수락의 사인을 보냈다.

"자, 참가자분들, 오래 기다렸습니다. 이제부터 먹어주세요."

홍설아가 시식의 스타트를 알렸다.

폭풍 흡입의 끝판왕 이현덕. 식사 위치로 접시를 바로잡았다. 그는 피식 웃었다. 죽 그릇을 보니 한 입 거리였고 미나리 강회 역시 그랬다. 연자설기는 아껴 먹는다고 해야 두 입 거리? 그렇다면 2분 안에 끝장?

"……?"

그런데 그 당연한 일상에 제동이 걸렸다. 죽 한 입을 넣고 또 한 입을 넣으려는 순간, 늘 왕림하던 그분, 걸신 재림이 일어나지 않은 것이다.

"……!"

그가 아리송한 표정을 지었다. 죽은 입안에 착착 감기는 기가 막힌 맛. 호흡이 엇갈릴 정도로 맛이 좋았다. 그런데 왜 걸신이 출동하지 않는 걸까?

접시를 바꿔 연자설기를 먹어보지만 그 또한 다르지 않았다. 이 또한 뇌수를 쪼는 천상의 요리. 그런데 왜? 왜?

그건 박상희도 같은 상황이었다. 이현덕처럼 폭풍 흡입은 아니지만 그녀 역시 일반인의 시각에서 보면 대식가였다. 창출죽쯤이야 두어 모금 호로록거리면 끝장이 날 일. 게다가 한 입 들어간 죽 맛은 미각을 녹여 버릴 정도로 진미였다. 그 나른한 진미에 긴장이 쪽 풀렸다. 하지만 머리와 배, 서두르는 대신 'Slow'를 외치고 있었다.

Slow.

그녀 사전에 없던 단어였다.

두 사람을 돌아본 오세미는 썩소 모드였다. 가증스러운 것들. 방송이라고 이미지 관리 하는구나. 우아가 꼴값을 떠는구나. 그녀는 그런 부류들이 싫었다. 살찐 것도 죄냐? 니들이 나 살찔 때 도와준 거 있냐? 고도비만이 불편하기는 하지만 부끄럽다고 생각한 적은 없는 그녀. 주저 없이 너비아니부터 포크로 찍었으니 민규가 구워놓은 12 살점의 한입 올킬을 꿈꾸고 있었다.

돌발!

민규의 머리카락이 우수수 뻗쳐 올랐다. 너비아니를 먹어도 상관은 없지만 모양새가 꼬이는 상황이었다.

'후우!'

한숨이 소리 없이 나오는 순간, 재희가 뛰어들어 왔다. 그녀의 손에 들린 작은 병이 보였다.

"잠깐만요!"

민규가 오세미의 폭주를 막았다.

"왜요?"

그녀가 폭식 자세로 물었다.

"잠깐만 기다리세요. 먼저 마셔야 할 차가 있습니다."

한마디를 남긴 민규가 재희에게 돌아섰다. 기다리던 비기(秘技) 식재료의 도착이었다.

"구했어?"

"네. 죄송해요. 그쪽 녹화가 끝나서 가버리는 바람에……."

"그럼?"

"도로까지 나간 차를 죽어라 뛰어가서……."

대답하는 재희의 몸은 땀범벅이었다.

"수고했어."

비기 식재료를 받아 들었다. 식재료의 정체는 백말의 오줌이었다.

백말의 오줌…….

이걸 뭐에 쓴단 말인가?

…라고 생각하면 오산이었다. 개똥도 약에 쓰는데 하물며 백말일까?

오세미의 비만 원인은 육징(肉癥)이었다. 간단히 말하면 고기 껄떡중, 고기집착중, 고기허기중이었다. 이 병에 걸리면 고기를 먹는다. 먹고 먹어도 또 먹고 싶어진다. 개인의 의지로는 막을 수 없다. 위를 잘라내도 마찬가지. 여기 특효약은 오직 백말이 생산하는 오줌뿐이었다. 백말의 오줌이 아니더라도 체중 감소를 이끌어낼 수는 있지만 기왕이면 다홍치마. 눈앞에서 신효한 식재료(?)를 발견한 다음에야 쉬운 길로 갈 리 없는 민규였다.

완치!

민규의 노림수였다.

백마의 오줌에 대해 선입견을 가질 필요는 없었다. 과거에는 사람의 소변도 약으로 썼다. 수십 년 전만 해도 고속도로 휴게소 등에서 여행객들의 오줌을 수집해 갔다고 한다. 게다가 민규에게는 초자연수가 있었으니 반천하수를 더하면 약효는 상승하고 오줌의 냄새나 비위생적 문제는 다 사라질 일이었다.

이 처방은 음식을 먹기 전에 토해야 효과가 있었다. 그렇기에 너비아니를 먹으려는 걸 막아둔 민규였다.

"……!"

민규의 소근거림을 들은 오세미가 시선을 들었다. 웬만하면 화장실 가는 일은 없게 하려던 민규. 그러나 이건 정말 부득이한 일이었다.

"다녀오시면 고기에 집착하는 미각이 고쳐질 겁니다. 살도 현저히 빠질 거고요."

"그냥 이걸 마시고……."

토하기만 하면?

그녀가 민규를 바라보았다.

네.

대답은 눈빛으로 보냈다.

잠시 후에 그녀가 돌아왔다. 얼굴이 온통 상기되었다. 제대로 토한 모양이었다.

육징.

제대로 먹혔다. 그녀는 너비아니를 쳐다보았지만 아까처럼 애절한 눈빛은 아니었다. 그녀, 너비아니를 지나쳐 버렸다.

빙고!

민규가 쾌재를 부르는 사이에 주치의들이 수군거렸다. 뭔가 이상한 낌새를 차린 것이다.

이제 죽과 양갱, 토마토바나나주스를 주었다. 그녀는 주스부터 집어 들었다. 토한 덕분에 수분이 당기는지 단숨에 절반이나 들이켰다. 다음으로 새팥죽을 먹고 구기자양갱도 뚝딱 해치웠다.

'좋아. 이제 쾌속으로 살이 빠질……?'

한가로이 오세미의 혼탁을 체크하던 민규가 격하게 흔들렸다. 경과가 반대로 일어나고 있었다. 육징을 막았으니 육식으로 인한 사기를 밀어내고 몸이 정화되어야 할 일. 그리고 체중이 빠질 조짐이 나와야 할 일. 그러나 오세미의 몸 안 과체중의 혼탁은 더 거세게 몰아치고 있었다. 마치 따끈한 에너지를 얻어 핵분열을 하는 것처럼……

그녀가 먹은 건 조엽새팥죽, 구기자양갱… 두 요리는 살이 빠지는 식재료… 그런데도 살들이 물 만난 듯 활기를 띠는 건 귀신의 장난인가? 오세미의 몸과 요리의 상관관계를 스캔하던 민규, 비명 섞인 신음과 함께 답을 찾아내고 말았다.

답은 민규의 요리에 있었다. 바로 토마토와 바나나였다.

맙소사!

토마토와 바나나?

그게 왜?

"이거 드시면 안 됩니다."

민규가 오세미의 주스를 막았다.

"셰프님."

"육류 중독… 당신 비만의 원인인 줄 알았는데 그보다 더 중대한 게 있었습니다."

"육류보다 중대한 거요? 설탕이나 버터 같은 거요?"

"아뇨. 바로 그 토마토와 바나나입니다."

"예?"

오세미의 눈동자가 뒤집혔다. 기도 차지 않는 말이 나온 것이다.

"육류가 아니고 토마토와 바나나라고요?"

"예."

"셰프님, 제가 오세미 씨 주치의인데 그건 어불성설 아닙니까?"

그녀의 담당 주치의가 나섰다.

"일반적으로는 그렇습니다."

"그렇다면 오세미 씨가 무슨 특이체질이라도 된단 말입니까?"

"그렇습니다."

"주치의로서 동의할 수 없습니다. 이분의 비만과 그로 인한 당뇨 등의 원인은 병적인 육류 섭취입니다."

"처음에는 그랬습니다. 하지만 토마토와 바나나가 일을 키우고 말았죠."

민규는 미동조차 하지 않았다. 3 전생의 뚝심으로 밀어붙이는 것이다.

"뭐라고요?"

"선생님이 토마토와 바나나를 권했습니까?"

"내가 권한 건 아니고 환자가 어디서 듣고 와서 상담을 했습니다. 들어보니 육류 중독에 대한 대안도 필요했고, 토마토와 바나나는 심장병 예방과 더불어 식이섬유도 많기에 괜찮다고 했었죠."

"거기까지는 문제가 없습니다. 문제는 이분이 아주 특별한 특이체질이라는 겁니다."

"특별한 특이체질요?"

"달리 설명하면 사람마다 특정 식재료에 특별하게 반응하는 게 있는데 이분에게는 그게 토마토와 바나나입니다."

"말도 안 되는……"

"말 됩니다. 아마 토마토와 바나나 요법을 병행한 후부터 살찌는 속도가 빨라지고 당뇨 수치도 올라갔을 겁니다."

"……!"

"확인해 보셔도 됩니다."

"잠깐만요."

주치의가 지참한 자료를 확인했다. 그는 거기서 한 번 더 까무러쳤다.

"……!"

우연의 일치인지 민규의 말이 맞았다. 그가 토마토와 바나나를 권한 지 일주일 후부터 체중과 당뇨가 요동을 치고 있었다.

"이, 이럴 수가… 아닙니다. 이건 우연의 일치에 불과해요."

"그렇다면 지금 혈당 측정을 부탁합니다. 육류는 먹지 않은 거 보셨죠? 토마토와 바나나주스 외에 먹은 건 새팥죽과 양갱… 둘 다 당분은 최소화시켰으니 당이 치솟을 재료들은 아닙니다."

"잠깐만요."

주치의가 혈당 측정기를 가져왔다. 카메라가 돌아가는 앞에서 오세미의 손끝을 찔렀다. 그리고 피 한 방울을 측정기에 떨구었다.

삐— 삐— 삣!

잠시 후에 결과가 나왔다.

"……!"

그걸 본 주치의가 경악을 했다. 오세미의 혈당 수치가 육류를 먹었을 때보다 현저하게 올라가 있었다.

"이, 이……."

"체질 때문입니다. 오세미 씨의 체질은 복합형인데 안타깝게도 몸이 토마토와 바나나 등에 매우 민감합니다. 같은 음식을 놓고 먹어도 누구는 찌고 누구는 빠지는 경우는 알고 계시겠죠?"

"하지만 토마토와 바나나는……."

"제가 얼마 전에 본 의학 자료에서도 사람에 따라 정제된 밀가루로 만든 흰 빵이 통밀로 만든 건강 식빵보다 좋은 쪽으로 반응하는 사람도 있다고 하더군요. 그리고 그 기전은 장내에 어떤 미생물이 살고 있는지가 중요하다는……."

"……."

"오세미 씨."

민규, 오세미를 바라보며 묵직하게 말을 이었다.

"진심으로 죄송합니다만, 밖에 한 번 더 다녀오셔야겠습니다."

민규가 물컵을 내밀었다. 이번에는 육징을 위한 백마의 오줌이 아니었다. 배로 들어간 토마토와 바나나 반납용이었다. 새 실험을 위해 깨끗한 상태를 만들려는 것.

그녀는 민규 말에 따랐다. 육징을 고쳐 고기에 대한 식탐이 사라졌고 토마토와 바나나에 대한 개인적인 해악을 발견해 준 덕분이었다. 화장실에서 돌아오자 제대로 식사를 시작했다. 남은 팥죽을 먹고 구기자양갱을 먹고 약선연꽃차를 마셨다. 그런 다음, 잠시 기다린 후에 한 번 더 혈당 체크를 했다. 혈당은 토마토 바나나 때보다 현저하게 낮게 나왔다. 민규 말의 증명이었다.

"허어!"

주치의가 고개를 저었다. 상식적으로는 있을 수 없는 일이었지만 그 자신이 체험했으니 반론을 제기할 수도 없는 노릇이었다.

"재희 씨."

상황이 정리되자 민규가 재희에게 신호를 보냈다. 따로 특명을 받은 재희가 이현덕 앞에 섰다. 그는 삐질삐질 땀을 쏟고 있었다. 그 땀은 보통 땀과 달랐다. 몸 안의 노폐물을 끌고 나오기에 마치 죽물처럼 질었다. 땀을 닦은 티슈가 쌓여갔다.

"발에서도 땀이 나나요?"

재희가 이현덕에게 물었다.

"발요?"

그가 고개를 갸웃했다. 하지만 발을 꼼지락거려 본 후에 바로 답을 내놓았다.

"나네요. 양말이 축축해졌어요."

"그 티슈 좀 보여주시겠어요?"

재희가 티슈를 받아 들었다. 죽물 같던 땀의 농도가 보통으로 돌아오고 있었다.

"이제 이걸로 땀 나는 곳들을 닦으세요."

재희가 특별한 수건을 내밀었다.

"……?"

땀을 닦던 이현덕의 눈이 휘둥그레졌다. 그의 주치의도 그랬다. 신기였다. 쉴 새 없이 쏟아지던 땀. 그러나 재희가 준 수건이 지나가자 멈춰 버린 것이다.

"셰프님."

이현덕이 민규를 바라보았다. 그의 주치의도 다르지 않았다.

"약선에 쓰는 약재 몇 가지와 좁쌀가루로 만든 온분(溫粉)을 적신 수건입니다. 땀은 그 정도면 되었습니다."

민규가 답했다. 이현덕은 얼어붙고 말았다. 조용한 말투지만 치명적인 카리스마였다. 이현덕은 성악 가수이자 뮤지컬 가수로 지명도도 높았다. 집안 또한 준재벌급이라 대형 병원의 비만 전문 클리닉에 더불어 일본, 미국의 클리닉까지도 다녔던 몸. 거기 의사들 중에도 이토록 압도적인 카리스마는 없었다. 그런데, 의사도 아닌 요리사가 이렇게 자기 몸을 쥐락펴락하고 있으니 찍소리도 할 수 없었다.

"몸 가볍죠?"

"네? 네… 사우나 따위는 비교도 못 할 정도로……."

"오세미 씨는요?"

"저도 상쾌해요. 몸이 솜털처럼 가벼워진 느낌이랄까요? 희한하네요."

오세미의 대답도 명쾌했다.

남은 건 박상희.

"어때요?"

식사를 마친 그녀, 체크에 들어갔다.

"저도 나쁘진 않아요."

"배는 많이 들어갔죠?"

"그렇네요?"

그녀가 자기 배를 내려다보았다. 수박을 품은 듯 불룩하던 볼륨감이 낮아져 있었다.

"관절은요?"

"그것도 괜찮은 것 같아요."

"미안하지만 박상희 씨는 세 분 중에서 가장 적은 체중감량이 일어날 겁니다."

"예? 왜요? 저도 무슨 특이체질인가요?"

"그렇습니다. 그것도 아주 소중한 특이체질……."

"소중한?"

"주치의 선생님."

민규가 박상희의 의사를 바라보았다.

"예."

"제 말 어떻게 생각합니까? 박상희 씨가 소중한 특이체질이라는 것?"

"글쎄요. 비만이 심각하긴 하지만 특이체질이라고 하기에는……"

"비만 말고 다른 상황은 없나요?"

"소소한 부작용은 한두 가지가 아닙니다. 방금 말한 관절염에 설사도 종종 하고… 소변도 시원하지 않고……"

"박상희 씨도 모르시나요?"

민규가 박상희를 돌아보았다. 그녀는 어깨를 으쓱하는 것으로 답을 대신했다.

"그렇다면 이규태 박사님, 죄송하지만 이분 진맥을 좀 부탁해도 될까요?"

민규가 이규태를 불러냈다. 느닷없는 상황에 피디도 당황했지만 민규를 믿고 밀어붙여 주었다.

"……!"

진맥을 하던 이규태의 얼굴이 사색으로 변했다.

"이, 이거……"

민규를 바라본 이규태, 한 번 더 진지하게 진맥에 임했다.

"맙소사, 임신 같습니다."

임신!

이규태의 한마디가 스튜디오를 흔들었다.

"임신이라고요?"

박상희가 물었다.

"그래요. 맥동이 활맥이면서 간혹 한 번씩 쉬고 있어요. 이건 임신이 분명합니다."

"어머, 그럼, 이번 월경이 좀 늦춰지던 게?"

박상희가 놀란 입을 막았다.

"맞습니다. 제가 보기에도 임신입니다. 그래서 박상희 씨에게는 체중감량에 좋은 특효 약재를 쓰지 않았습니다. 체질과 상황에 맞춰 쓰면 문제가 없는 약재지만 태아가 있으니 신중을 기한 까닭입니다. 그래서 박상희 씨의 체중감량은 조금밖에 하지 않는다고 예고한 겁니다. 임산부에게 무리를 주고 싶지 않은 것이니 양해를 바랍니다."

민규의 설명이 나왔다.

"우!"

주치의들 자리에서 신음이 나왔다. 하지만 방청석은 열광의 도가니로 변하고 있었다.

짝짝짝!

박수는 거의 5분가량이나 지속되었다.

"아, 정말 요리가 아니라 무슨 신선의 강의를 듣는 기분입니다. 저도 제가 진행자인 것조차 잊어버리고 있었네요."

홍설아가 상황 정리에 들어갔다.

"그럼 이제 감량 확인에 들어가겠습니다. 이 세프님이 예견한 대로 박상희 씨의 감량이 가장 적을까요? 그렇다면 과연 얼마나 될까요? 죽물 같은 땀을 흘린 우리 이현덕 씨는요? 고기 걸신병이라는 육징에 걸렸다가 나은 오세미 씨는 또 어떨까요?"

홍설아의 멘트가 이어지자 스튜디오는 숨을 죽였다. 화면은 이현덕과 오세미, 박상희를 번갈아 잡아주었다. 그 마지막은 민규였다. 강력하게 부각되는 민규는 존엄 그 자체의 분위기였다.

"먼저, 박상희 씨 나와주세요."

홍설아가 체중계를 가리켰다. 화면은 오직 체중계만을 비췄다. 그녀가 숨을 가다듬고 저울 위에 올라섰다.

"악!"

박성희가 비명을 질렀다. 방송국에 도착해서 잰 체중은 133kg. 그러나 지금은…….

"129kg. 무려 4kg이 감량되었습니다."

홍설아가 소리쳤다. 화면이 박성희의 얼굴을 잡았다. 그녀는 감격에 겨워 오열하고 있었다. 2년이 넘도록 오직 전진만 거듭했던 몸무게였다. 독한 다이어트를 한다고 할 때 한 달 동안 5kg를 뺀 적은 있었다. 그러나 오늘은 단시간에 4kg. 게다가 무슨 설사약 같은 걸 먹은 것도 아니고 지상에서 최고로 행복하게 먹은 요리들… 그런데도 이런 성과라니…….

"고맙습니다, 셰프님."

박상희가 민규 앞에 고개를 숙였다. 두 가지 고마움이었다. 하나는 체중을 감량시켜 준 것. 또 하나는 배 속의 아기까지 고려해 준 것.

민규가 방제수 한 잔을 건네주었다. 그녀 마음을 안정시키려는 조치였다.

그 물을 마신 박상희, 이제는 같이 온 두 사람이 궁금해졌다. 그녀 자신에게는 가장 적은 감량을 예고한 민규. 그렇다면 이 두 사람은 과연?

"다음은 우리 오세미 씨가 올라갑니다. 과연 체중계는 어떻게 움직일까요? 감량일까요? 아니면 음식을 먹었으니 올라갈까요?"

홍설아의 멘트와 함께 오세미의 체중 166kg가 공개되었다. 화면이 오세미의 긴장을 세밀하게 비춰주었다. 그녀의 이마에는 땀이 송글송글 맺혀 있었다.

166kg의 고기 귀신.

50번이 넘는 다이어트의 실패.

이제는 거의 포기한 몸매.

저울 앞에 선 그녀의 시선이 발쪽으로 내려갔다. 발… 몇 발 걷는 동안의 기분은 좋았다. 쇠사슬을 끄는 듯한 느낌이 아니라 가벼웠다. 기분 같아서는 제자리에서 한 바퀴 돌 것도 같았다. 보조 진행을 하는 저 날씬한 여자들처럼……

"올라가 주세요!"

홍설아의 재촉이 나왔다. 오세미는 민규를 돌아보았다. 민규가 끄덕, 지지를 보내왔다. 그 표정은 엄마 눈빛처럼 푸근한 약선조엽새팥죽을 닮아 있었다. 그녀가 한 발을 들었다. 그리고… 나머지 한 발이 마저 저울 위로 올라갔다.

"우와!"

집중하던 종규가 벌떡 일어섰다. 그 뒤의 차미람과 친구들도 그랬다. 우세희와 연예인들도 거의 동시였다. 오세미의 체중계… 한 바퀴를 돌고 200kg 가까이 휘어졌던 바늘이 멈춘 곳… 142kg이었다.

"우워어!"

"어어어!"

탄식과 신음이 뒤섞여 버렸다. 주치의조차 두 눈을 부릅뜨고 어쩔 줄 몰라 하는 상황. 구토를 했다지만 믿을 수 없는 체중감량이 나왔다. 무려 24kg을 빼버린 것이다.

24kg.

숫자도 놀랍지만 그녀의 연혁 때문이었다. 수십 번의 실패를 거쳤던 오세미. 이제는 그 어떤 다이어트를 해도 그저 간에 기별이 오다 마는 정도일 뿐이었다. 고작해야 2~3kg 빠지다가 말았던 것. 그런데 지금은…….

"오오오!"

오세미가 저울 위에서 경련했다. 누가 시키지도 않았는데 저울에서 내려왔다가 다시 올라갔다. 두 번이나 그랬다.

"엄마!"

그녀가 흐느끼기 시작했다.

"소감이 어떠세요?"

홍설아가 다가와 물었다.

"꿈만 같아요. 완전히 포기한 다이어트였는데… 다시 도전하고 싶은 마음이 생겼어요."

"이 셰프님에게 할 말은 없나요?"

"고맙습니다. 제게 희망을 주셨어요. 토하는 물을 주었을 때는 벼르기도 했었는데… 진심으로 사과드려요. 진심으로 감사드려요."

"이 셰프님, 이게 어떻게 가능하죠?"

홍설아가 민규를 바라보았다.

"그렇죠. 과학적으로는 이게 에너지, 즉 칼로리를 방출해야만 체중이 줄게 되어 있습니다. 하지만 제가 쓴 약선요리에서는 오세미 씨의 몸 안에 가득한 사기(邪氣)를 방출하는 원리를 썼습니다. 처음에 육징을 퇴치하기 위해 쓴 구토법이 그것이었죠. 찌들고 눌어붙은 사기를 방출하는 과정에서 많은 칼로리가 소모되었고, 그 자리에 약선요리의 맑은 기가 채워지면서 또 한 번의 정화가 일어났습니다. 말하자면 찌들고 무거운 사기들이 빠져나가고 싱싱하고 깨끗한 기가 대체되면서 몸의 대미지 없이, 아니, 오히려 상태는 좋아지면서 체중감량이 일어난 것이죠."

민규가 답했다.

기(氣).

거기서 스튜디오가 뒤집혀 버렸다. 누구도 예상치 못한 방법. 동시에 누구도 꿈꾸지 못한 방법. 그러나 실현되었기에 누구도 반론을 제기할 수 없는 현장……

"알겠습니다. 그럼 오세미 씨에게 한 말씀 부탁합니다."

"이번에 다이어트에 도전하면 꼭 성공할 겁니다. 고기 중독 육징을 잡으면서 비만의 기로 가득한 몸을 정화했고 토마토와 바나나의 부작용도 아시게 되었으니까요. 축하드립니다."

"아아앙, 셰프님."

오세미, 끝내 감정을 이기지 못하고 민규 품에 안겨 버리고 말았다.

짝짝짝!

그녀의 태산 같은 어깨를 넘어오는 박수는 그치지도 않았다.

"아, 저도 괜히 막 기대가 넘칩니다. 그럼 이제 비만 팀의 마지막 한 분……"

홍설아의 시선이 이현덕에게 넘어갔다.

이현덕.

일찌감치 긴장에 사로잡힌 그의 목으로 마른침이 넘어갔다.

"앞선 두 분을 보니 기분이 어떻습니까?"

홍설아가 소감을 물었다.

"데뷔하던 날보다 더 떨리는데요."

"기대하는 감량치는 얼마입니까?"

"욕심 안 부리고 3~5㎏ 정도만 빠졌으면 좋겠습니다. 그런 가능성이라도 확인하면 위절제술 미루고 약선요리로 다이어트에 도전할 생각입니다."

"이 셰프님, 혹시 예고 가능합니까?"

홍설아가 민규를 바라보았다. 그 한마디가 폭풍이었다. 스튜디오의 모든 시각과 촉각이 민규에게 쏠려 버린 것이다.

"……."

"어렵겠죠?"

"아뇨. 가능합니다."

민규, 쿨하게 답했다.

예고도 가능.

스튜디오 안에는 숨소리조차 들리지 않았다.

7. 셰프의 직진

　가능합니다!

　그 한마디로 스튜디오는 다시 얼어붙고 말았다. 감량 몸무게의 예측. 신이 아닌 다음에야 알아맞힐 수 없을 일이었다. 그러나 민규는 주저도 없이 답해 버렸다.

　"가, 가능하다고 하셨나요?"

　다시 묻는 홍설아의 목소리가 떨렸다.

　"100㎏ 언저리가 될 것 같습니다"

　민규의 전격 선언이 나왔다.

　원래는 123㎏이었던 이현덕. 하지만 민규의 예상은 대략 100㎏.

"방금 뭐라고 하셨습니까? 100kg이요?"

"예."

"100kg 언저리가 맞습니까?"

"네."

"……!"

홍설아가 입을 쩌억 벌렸다. 프로그램을 지휘하던 천광술 피디도 그랬다.

'너무 오버하는 거 아닌가?'

피디의 고개가 갸웃 돌아갔다. 하지만 지켜보는 수밖에 없었다. 지금까지의 과정이 그랬다.

"100kg, 믿기지 않는 예상이 나왔습니다. 23kg 정도를 뺀 100kg 예상이 나왔습니다. 그렇다면 두 자리 숫자도 가능하다는 얘기입니다."

홍설아가 분위기를 고조시켰다. 주치의들과 전문가 집단, 방청석의 연예인들도 일제히 숨을 죽였다. 이현덕은 토하지도 않은 상황. 더구나 떡과 죽, 미나리강회를 먹은 마당에 몸무게가 줄어든단 말인가? 그것도 무려 23여 킬로그램씩이나.

"이현덕 씨, 이 셰프님의 예상을 어떻게 생각하세요? 잘하면 두 자리 숫자가 될 수도 있겠는데요?"

"그렇게만 된다면……."

"춤이라도 한번 추시겠습니까? 아니면 노래 한 곡?"

"춤도 추고 노래도 하죠. 그거 못 하겠습니까?"

"좋아요. 그럼 바로 확인에 들어갑니다."

홍설아가 저울을 가리켰다.

꿀꺽!

이현덕도 저울 앞에서 주저했다. 앞선 두 여자, 스튜디오에 들어오기 전에 만났다. 셋은 금세 동병상련이 되었다. 이현덕처럼 그녀들도 모진 다이어트의 시간을 보내왔다. 다들 한두 번, 반전의 기회는 있었다. 대개는 다이어트 초기였다. 하지만 거기서 무너졌다. 조금 빠지나 싶을 때의 방심이 오늘날의 대참사를 만든 것이다.

저울…….

언제나 기대를 배신하던 저울. 한 번쯤은 미친 척 100kg 아래로 내려가 주면 얼마나 좋을까 생각하던 저울. 그 저울이 뒤로 간 적이 언젠지 기억도 없을 때, 이현덕이 저울 위에 올라섰다.

"……!"

이현덕의 시선은 저울에 꽂혀 움직이지 않았다.

"까악!"

홍설아의 오버하는 비명도 들리지 않았다. 우수수 일어서는 의사들도 보이지 않았다. 무아지경. 이현덕이 그랬다. 살아 숨 쉬는 건 오직 그의 시각이었다. 한군데 꽂혀서 움직이지 않는 시선이었다.

일백…….

그 바늘은 조금씩 뒤로 내려갔다.

구십…….

마침내 두 자리 숫자의 단위.

팔 쩜 오…….

[98.5kg]

그의 시선에 강철처럼 새겨진 체중이었다. 민규의 예상이
정확하게 적중하는 무게였다.

"와우!"

눈앞이 환하게 밝아진다 싶을 때 이현덕이 주먹을 쥐며 쾌
재를 불렀다. 그는 민규를 바라보며 양손 엄지 척을 작렬했
다. 손가락이 부러질 정도였다.

짝짝짝!

뜨거운 박수가 터져 나왔다. 민규를 위한 박수였다. 이규태
는 아까부터 일어나 있었고, 변재순과 박세가 역시 일어나 있
었다. 민규는 그들에게 오랫동안 허리를 숙여주었다. 격한 박
수는 곧 민규의 보람이었다.

"두 자리입니다. 두 자리 숫자가 나왔습니다."

홍설아가 흥분하기 시작했다.

"죄송하지만 한 번 더 부탁합니다."

그녀가 이현덕을 재촉했다. 이현덕이 저울을 밟았다. 춤을

추듯 흔들리던 저울이 멈췄다.

[98.5kg]

숫자는 같았다.

"이 저울, 고장 난 거 아니죠?"

홍설아가 피디에게 소리쳤다.

"한국계량과학원에서 최고 퀄리티로 가져온 겁니다. 절대 고장 없습니다."

피디가 답했다.

"셰프님, 이걸 믿어야 하나요? 단숨에 두 자리 숫자 체중이 되었어요."

홍설아가 민규를 바라보았다.

"저울은 거짓말을 하지 않습니다."

민규가 웃었다.

"아니에요. 저울은 거짓말을 해요. 저도 비만형이라 저 고통, 조금은 알거든요. 눈물을 머금고 몇 끼 굶어도 저울은 내려가지 않는다고요. 그러다 한 끼만 제대로 먹으면 어제보다 팍 올라가는 게 저울이라고요."

홍설아가 비만 팀 세 명을 대변했다.

"이현덕 씨의 경우는 비장의 기 적체 때문이었습니다. 제 기준으로 보면 살이 아니라 부었던 것이죠. 비장의 기를 순환시키면서 붓기를 뺐으니 체중이 많이 내려가는 건 당연합니다. 보세요."

민규가 이현덕의 팔을 눌렀다. 아까와 달리 들어갔던 살이 탄력을 보이며 바로 원상태로 돌아왔다.

"다시 말해서 이현덕 씨의 볼륨은 살이라기보다 붓기였습니다. 비장의 톱니바퀴가 찌들어 부어올랐던 건데 땀을 내는 약선으로 그 찌든 때를 녹여서 몸 밖으로 밀어냈습니다. 아까 그 땀 닦는 장면 좀 다시 볼 수 있을까요?"

민규가 피디 쪽을 바라보았다. 화면이 나왔다. 이현덕이 죽물 같은 땀을 흘리는 장면이었다. 자세히 보니 티슈에 얼룩이 많았다. 오랫동안 정체된 찌꺼기들이었다. 민규 말을 입증하는 장면이었다.

"비장의 톱니바퀴가 제대로 맞으니 부어올랐던 살들이 제자리로 갔습니다. 이현덕 씨는 조금만 더 노력하면 머잖아 90㎏ 안 쪽으로 들어갈 수 있으리라 봅니다."

"와아아!"

방청석에서 함성이 터져 나왔다. 화면은 숨 가쁘게 감정을 잡아주고 있었다. 좋아 어쩔 줄 모르는 이현덕. 황당해진 그의 주치의. 그리고 겸손 속에서도 위엄이 팽팽한 민규…….

두 자리 숫자의 몸무게.

이현덕에게는 꿈이 되어버린 몸무게. 다른 사람이 말하면 판에 박힌 농담이자 위로에 불과했겠지만 민규가 말하니 신뢰

가 왔다. 이현덕은 감정을 주체하지 못하고 민규에게 안겨 버
렸다.

"고맙습니다, 셰프님."

"뭘요. 저는 약선요리사니 마땅히 할 일이었습니다."

"아뇨. 당신은 요리사가 아닙니다. 신선이자 마법사예요, 마
법사!"

"……."

"이 은혜, 잊지 않겠습니다. 카메라 앞에 맹세합니다."

"이현덕 씨, 일단 자축 노래 한 곡 하시죠? 아까 약속했잖아
요?"

홍설아가 진행자의 순발력을 발휘했다. 이현덕은 기꺼이 마
이크를 잡았다. 그가 뮤지컬 주인공을 맡았던 '그대에게 고백
하던 날'의 테마곡을 불렀다. 희망과 환희가 가득한 노래였다.
비만이 된 후에는 늘 스탠딩으로 노래하던 이현덕. 가볍게 턴
을 하기도 했다. 그만큼 몸이 가벼웠으니 데뷔 시기의 그로
돌아간 것이다.

"노래 안 시켰으면 큰일 날 뻔했습니다. 이현덕 씨와 우리
이민규 셰프님께 따뜻한 박수 부탁드립니다."

끓어오른 분위기는 홍설아가 마무리를 지었다.

신선의 물 육천기!

그 물은 그제야 세 비만자들에게 전해졌다. 일종의 후식이
었다.

"마셔도 되지만 향이 중요합니다. 향을 마시세요."

먹지 않아도 허기를 느끼지 않는 신선의 물. 동시에 몸에 대미지도 없는 물. 초고도비만에게 그보다 좋은 물은 없을 일이었다.

분위기로 봐서는 이대로 끝나도 좋을 상황. 그러나 아직 기다리는 사람들이 있었으니 이번에는 비만의 반대편, 병적인 저체중 아이들이었다.

전상우. 19개월 水형 체중 7㎏ 섭취량 소식(小食)
하동민. 12세 金형 체중 28㎏ 섭취량 과식(過食)
김예리. 13세 木형 체중 26㎏ 섭취량 미식(微食)

체질창을 리딩했다. 셋 다 체질량지수는 15 이하였다. 체질량지수는 키와 몸무게를 이용하여 지방의 양을 추정하는 비만 측정법. 예를 들어 키가 160㎝이고 몸무게 60㎏인 사람의 체질량지수는 60÷(1.6×1.6)=23.4가 된다. 수치가 20 미만이면 저체중, 20~24는 정상, 25~30면 경도비만, 30 이상인 경우에 비만으로 본다.

이 기준은 16세 이상의 남녀에게 적용이 된다. 아이들은 모두 16세에 도달하지 않았으므로 체질량지수는 고려하지 않았다.

19개월 전상우. 한국 나이로 두 살이었다. 마치 아프리카의 기아를 보는 것만 같았다. 피골이 상접하다는 건 이 아이를 두고 나온 말이 분명했다.

야위는 것.

어디까지 가능할까?

살이 찌는 비만도 위험하지만 야위는 것 또한 그 못지않게 좋지 않았다. 뼈에 피부를 발라놓은 듯하거나 몸을 움직일 수 없을 정도로 살이 빠지면 돌이킬 수 없다.

잘 먹고 많이 먹는데도 살이 빠지는 건 식역증이다. 식역증에 걸리면 과식을 해도 영양분을 섭취하지 못하니 살이 붙지 않는다.

전상우의 혼탁은 비장과 위장에 있었다. 3생 정진도의 경험을 빌리면 신연(身軟)이었다. 비위의 기가 바닥이라 처참할 정도로 살이 찌지 않는 것. 특히 비장의 기가 차단 직전이었으니 위급한 상태로도 볼 수 있었다.

"아이가 설사 종종 하죠?"

어머니에게 물었다.

"네."

"잘 움직이지도 않고요?"

"네."

"물도 자주 마시고 어떨 때는 눈을 뜨고 자기도 하지요?"

"맞, 맞아요."

통통한 몸매를 가진 어머니의 반응이 빨라졌다. 주치의조차도 그러려니 흘려듣던 말. 민규가 진지하게 물어온 것이다. 더구나 족집게였으니 반응하지 않을 수 없었다.

'신연······.'

거기서 어머니의 체질도 같이 체크했다. 그녀의 체형은 水형. 그녀 또한 아픈 곳이 있었으니 水형의 엔진이라고 할 수 있는 신장과 비장, 그리고 위장이었다. 수형의 엔진 가동에 필요한 짠맛보다 단맛에 빠진 여자. 그 단맛은 슬프게도 아기에게 영향을 미쳤다.

"어머니가 단맛 마니아시군요?"

"네?"

어머니가 고개를 들었다. 자신의 먹성까지 맞추리라고는 생각지도 못한 까닭이었다.

"아이에게 젖을 주셨나요?"

"네, 모유가 좋다고 해서······."

"그때도 단것을 좋아하셨죠?"

"네······."

"그 후로도 그러셨죠? 단 음식과 기름진 음식······."

"네··· 제가 단것을 먹지 않으면 기분이 꿀꿀해지는 것 같아서······."

"오늘 이후로는 식단을 바꾸시기 바랍니다. 어머니는 짠맛이 필요하니 해초류와 콩, 밤, 명란젓 등 짭쪼롬한 걸 많이 드세요. 그렇지 않으면 당뇨가 올지 모릅니다. 아이에게도 단것과 기름진 건 확 줄이시고요."

"그래도 단 게 짠 것보다는 낫지 않나요?"

"체질마다 다릅니다. 계속 그렇게 드시면 어머니와 아이도 함께 위험해집니다."

부드러운 경고를 남기고 옆으로 옮겨 섰다.

감병(疳病).

아이에게는 처방 하나가 더 추가되었다. 기름진 음식과 단 것을 너무 먹어 생긴 병……

어쨌든 방송에 나와주어 고마웠다. 그렇지 않고 저런 식생활을 계속하면서 온갖 약에 영양제나 맞아댔으면 목숨이 위험할 수도 있었다.

소아를 두고 초등학생들에게 옮겨 갔다. 대장과 위장이 찌든 남자아이가 먼저였다.

"이름?"

"하동민요."

"귀는 잘 들리니?"

"기운이 없어서 그런지 전보다는 조금 안 들려요."

"혀 좀 볼까?"

"아!"

"됐다."

혀를 확인한 민규가 동민의 어깨를 두드려 주었다.

"다행이구나."

"네?"

"귀 말이야. 아주 안 들렸으면 몸이 많이 아팠을 거야. 혀도 붓지 않아서 다행이고."

살이 쪽 빠진 후에 귀가 안 들리거나 혀가 부으면 6일 안에 죽는다. 동의보감이 전하는 말. 정진도의 전생도 알고 있는 한의학이었다.

민규가 리딩을 끝냈다. 하동민은 식역증이 허약 체질의 원인이었다. 대장과 위장이 병들면서 잡티들이 내장에 쌓였다. 먹는 족족 그냥 '통과'였으니 구멍 난 그물로 살을 낚는 것처럼 허망한 일이었다.

"……!"

마지막은 김예리.

열세 살 김예리는 푸석한 피부에 생기까지 없었다. 그 앞에서는 민규도 긴장을 했다. 여섯 출연자를 보고 세 번 놀랐던 민규. 그 세 번째의 주인공이 바로 김예리였던 것.

민규!

무엇 때문에 놀랐던 걸까?

열세 살 김예리.

매가리가 하나도 없었다.

"예리 학생, 힘들어요? 힘들면 앉아도 돼요."

홍설아가 챙겨줬지만 그녀는 고개를 살짝 돌릴 뿐이었다. 민규는 알았다. 생기가 없는 건 사실이지만 힘든 탓이 아니었다. 그녀의 무기력은 허망이었다. 쓸쓸함이었고… 비련이었다.

비련······.

그 단어가 가리킨 곳은 비장이었다. 비장이 말라비틀어져 있었다. 혼탁도 거기서 거칠었다. 비장이 상하는 일은 다양하다. 그중에 '실연'이라는 게 있었다. 실연을 당하면 비장이 상하고 그 어떤 질환에 못지않게 치명적으로 작용한다. 민규가 놀랐던 세 번째 이유 중의 하나였다.

김예리의 병명은 '실연' 아니면 '상사병'이었다.

그러나 이제 고작 열세 살. 생을 놓은 사람처럼 허망하고 쓸쓸할 정도의 사랑을 안단 말인가?

'이건 고칠 수 없어.'

민규의 생각이 가지를 치고 나갔다. 요수를 동원해 비장에 물을 댈 수는 있었다. 식재료와 약재로 비장에게 에너지를 줄 수 있었다. 그러나 응급조치… 이렇게 대미지를 입은 비장은 단시간에 회복시키기 어렵다. 흔한 말로 시간이 약. 그 법칙이 적용되는 곳이었다.

궁금해졌다.

이 어린아이에게 삶의 의욕이 바닥을 찍도록 가혹한 아픔을 안겨준 상대는 누구일까? 얼마나 사랑하기에 생의 모든 의욕을 놓았단 말인가?

"어떤 음식 좋아해?"

민규가 담담하게 물었다. 체질창을 리딩한 민규. 그녀의 체질에 맞는 요리를 모를 리 없었다. 그러나 인간은 기분의 동물. 이런 상황에 체질식이 땡길 리 없었다. 그렇기에 김예리의 기분이나마 맞춰주고 싶었다.

"아무것도."

김예리의 대답은 짧고 낮았다. 목소리에는 외면과 무관심이 가득 차 있었다.

"이 물 좀 마셔볼래?"

민규가 요수를 내밀었다. 아까 준 물을 거의 마시지 않은 김예리였던 것. 김예리는 무표정한 로봇처럼 고개를 저었다.

"한 모금만."

민규가 다시 권했다. 거절하는 것도 귀찮았던지 김예리가 찔끔 목을 축였다. 요수가 그녀의 위장을 적시며 내려갔다. 식욕을 당기게 하고 비위를 보하는 신효한 물. 그럼에도 김예리의 식욕 게이지는 별다른 변화를 보이지 않았다.

그렇겠지.

식욕 따위…….

지금 이 자리에 서 있는 것도 무의미하겠지.

저 방청석에 그가 서 있지 않은 한.

단순히 서 있는 게 아니라 너를 좋아한다고 손짓하지 않는 한.

사랑은…….

제시간에 맞춰 오는 일이 드물다.

오래전 소설에서 읽었던 글귀가 스쳐 갔다.

그 아픔의 치료제는 시간이고 세월이었다.

버티렴.

아픈 만큼 큰사람이 된대.

그 아픔이 네 안에 영롱한 진주를 맺게 해줄 거야.

치명적인 비장 외에 나쁜 곳은 폐대장. 木형의 흔한 부작용처럼 매운맛이 쌓인 탓이었다. 하지만 그녀에게 폐대장의 병맥 따위는 부차적인 문제였다. 핵심은 비장이었다.

체질 리딩에 문진(?)까지 끝냈다.

"상우에게 발견된 이상이 있습니까?"

이제는 주치의가 먼저 손을 들고 나섰다. 비만 팀을 지켜본 그들이었다. 방송에 나온 건 단순한 명예와 과시욕이었다. 엄청나게 투자하는 프로그램이라니 얼굴 내밀어서 나쁠 게 없다고 생각했다. 약선요리가 어쩌고 하길래 내심 비웃었던 그들. 요리 '따위'가 현대 의학을 넘을 수 있단 말인가?

그러나 그 냉소와 우월감은 비만 팀의 약선요리에서 개박살이 나고 말았다. 하필이면 한의학의 원리를 차용하면서 현대 의학의 파워가 무색해진 상황. 이제는 긴장하지 않을 수 없었다.

"상우는 신연과 감병이 원인으로 보입니다."

"신연과 감병?"

질문한 주치의는 이내 사색이 되었다. 그가 보기엔 그저 원인 불명의 허약. 혹시나 선천성대사이상 질환일까 싶어 진단을 실시했고 난치병이나 유전병 검사도 했다. 그런데 신연과 감병이라니? 더 황당한 건 그가 한방의 병명인 이 질환을 잘 알아듣지 못한다는 거였다.

"어떤 장애입니까?"

"이규태 박사님, 죄송하지만 대신 설명을 해주실 수 있습니까?"

공을 이규태에게 넘겼다. 한의학적 진단은 한의사의 입을 빌리는 게 더 낫다고 판단한 것이다.

"한방에서 말하는 신연은 오연(五軟)의 하나로 흔히 소아에게서 몸이 여위고 기와 육이 허약하며 탄력이 없는 무력증을 말합니다. 감병은 기름진 음식이나 단것을 과잉섭취 할 때 나타나는 질환입니다. 좋은 약선요리로 다스리면 개선이 될 것으로 봅니다."

"……!"

이규태의 설명을 들은 주치의는 사색이 되었다. 그가 생각해 본 적이 없는 것들이기 때문이었다.

"우리 동민이는 어떤가요? 이 아이는 위장과 대장의 기능장애로 영양분 흡수를 제대로 하지 못하고 있습니다만, 약선요리의 측면은 다른지요?"

이번에는 하동민의 주치의였다.

"선생님 진단과 같습니다. 식역증이라고 위대장의 기가 약해 미열이 가득하고 그로 인해 양분섭취가 되지 않아 살이 빠진 것입니다."

"그렇다면 아까 귀와 혀를 체크한 건 어떤 관련이 있나요?"

"살이 너무 빠지면 응급 상태가 올 수도 있는데 그걸 확인한 겁니다. 다행히 아직은 아니라고 보입니다."

"예리는 어떻습니까? 유전적인 문제도 없고 검사상에서도 별다른 이상이 나오지 않았습니다만."

마지막은 김예리의 주치의가 장식했다.

"예리 학생의 문제는……."

말꼬리를 흐리며 김예리를 보았다. 그녀의 입가에 번지는 냉소가 보였다. 당신들이 뭘 알아서? 나에 대해 뭘 알아서? 김예리의 표정이 말하고 있었다.

"비장의 정기가 빈 것 때문으로 보입니다."

"해결이 되나요?"

"노력해 보겠습니다."

민규가 답했다. 상사병에 대해서는 말하지 않았다. 민규에게는 중요한 미션. 그러나 그녀에게는 고귀한 프라이버시. 제대로 된 식의라면 지켜주는 게 예의였다.

뭘 만들까?

보신요리들이 주르륵 줄을 지어 지나갔다.

삼계탕, 민어, 전복찜, 장어… 한국인들이 선호하는 보신요리들… 그 뒤를 잇는 체중미달 요리들… 오골계탕, 마과자, 꼬

막부추무침, 돼지고기 김치쌈…….

가라!

그냥 지나가게 두었다. 그 또한 약선으로 만들 수 있지만 오늘은 아니었다.

전상우.

—약선마달걀붕어죽. 궁중율란, 구운 건새우 가루를 더한 약선황기대추설기, 두유.

어린 상우의 요리는 비위 강화와 감병퇴치식에 중점을 뒀다. 마달걀죽은 비장을 강화하고 기를 올리는 식재료들. 붕어는 감병에 좋으니 빼놓을 수 없었다. 재료도 간단해 마와, 달걀, 멥쌀에 참붕어면 족했다. 그러나 붕어는 후박이나 맥문동, 돼지 간 등과는 어울리지 않으니 주의해야한다. 죽물은 따로 받고 감람수에 요수를 더한 초자연수를 바탕으로 끓였다. 감람수는 기운이 부족할 때 좋았고 요수는 비위의 강화용이었다.

황기 역시 비장의 기허 강화에 국가대표급 약재. 대추도 그에 못지않은 재료였다. 건새우 가루를 넣은 건 고소함에 더해 수분대사를 도울 목적이었다. 대사와 순환은 어디든 필요했다. 율란 역시 비슷한 맥락이지만 아이의 즐거움을 위해 준비했고 마지막 두유는 체질에 맞춘 서비스였다.

다만, 별식(?) 하나가 더 준비되었다. 고기 삶은 물에 더한 역류수였다. 감병의 흔적을 지우기 위해서는 별수 없었다. 해

묵은 찌꺼기를 비워내지 않으면 오늘의 처방은 오래가지 못할 일. 그렇기에 도창법(倒倉法)을 쓰는 민규였다. 도창법은 영양의 흡수를 저해하는 찌꺼기를 씻어내는 구토법이었다.

요리를 정하니 양을 맞춰야 했다. 전상우는 소식. 거기 맞추자면 붕어죽 한 종지에 율란 한두 개, 대추설기 하나에 두유 3분의 1컵이면 충분했다.

민규가 전상우를 바라보았다. 양은 변하지 않았다. 한 가지 분명한 건 카메라를 의식한 비주얼 연출은 아니었다. 민규가 계산한 건 아이가 먹어 치울 요리였던 것. 그 양은 소식이 아니라 평식에 맞춰졌다. 즉, 보통 아이들이 먹는 기준……

하동민의 요리는 생각이 필요했다. 식역증 때문이었다. 위장과 대장에 좋은 약재라면 황정이나 옥죽 등이 있었다. 하지만 단순하게 좋은 식재료로 될 일이 아니었다.

주해에 보면 식역증에 대한 처치법이 나온다.

[음식이 지나치게 변하여 살이 생기지 않는 것이다. 치법은 소중(消中)과 같다.]

소중…….

이는 소갈의 일종이다. 소갈은 당뇨와 다르지 않다. 황제내경에도 따로 언급이 된다.

[대장이 열을 위장에 옮기면 잘 먹으면서도 야위는데 이것을 식역이라 한다. 위가 그 열을 담에 옮기는 것도 또한 식역이라 한다.]

달리 말하면 식역증을 잡자면 대장의 과열을 죽여야 했다. 그게 아니라면 담의 열을 내리거나 위의 열을 내리는 방법이 필요했다.

한방에서는 생진감로탕 같은 게 나온다. 생지황, 당귀, 강활, 행인, 홍화, 황금, 황기 등이 주재료다. 몇 가지를 짚어가다가 생각을 멈췄다.

'어쩌면……'

너무 복잡하게 생각하고 있는 거 아닐까? 생각이 많아지면 회의하게 마련이고, 그렇게 되면 핵심에 접근하기가 어려워진다. 시선을 식재료로 돌렸다. 재희가 정리해 둔 채소들이 보였다. 비만과 저체중에 필요한 채소는 거의 다 구비되어 있었다.

대장… 오행의 흰색이며 매운맛이다. 대장의 열을 죽이려면 상극이 필요했다. 폐대장의 상극은 심소장. 바로 쓴맛이었다.

쓴맛의 상징은 쓸개. 다행히 쓸개는 많았다. 붕어 속에도 들었고 내장째로 가져온 생닭 속에도 있었다. 혹시 몰라 상비용으로 가지고 다니는 멧돼지 쓸개도 있었다.

쓸개…….

여기서 한번 써보자.

마음을 정했다.

하동민.

—궁중양고기설야멱, 봉령대추산약죽, 약선쓸개수단, 오매차.

두 번째 요리도 결정을 보았다. 쓸개의 쓴맛으로 대장의 열을 잡을 생각이었다. 나머지 요리들은 살을 찌우고 비위를 강화하는 쪽이었다. 후식으로 정한 오매차는 덜 익은 청매를 훈증하여 만든 것으로 몸이 야위거나 기를 올릴 때 좋았다.

이 요리의 양은 하동민의 평소 섭취량에 맞췄다. 이 아이는 원래 많이 먹는다. 다만 살로 가지 않을 뿐. 그 분량을 그대로 기준으로 삼았다.

이제 김예리가 남았다.

비장이 말라비틀어진 소녀.

비위를 돋우는 요리를 하면 '어느 정도' 효과를 볼 수 있었다. 최적의 요리를 위해 그녀를 바라보았다. 거리를 두고 보니 흡사 좀비처럼 보였다.

순간!

민규의 뇌수를 총알처럼 쪼는 느낌이 왔다.

정진도였다.

그가 한 소녀에게 미음을 먹이고 있었다. 대들보에 목을 매달았던 소녀였다. 소녀의 병이 바로 상사병이었다. 어린 소녀는 상단(商團)에서 심부름을 했다. 거기 행수 아들에게 꽂혔다. 행수의 아들은 다른 여자를 좋아했다. 아무도 모르는 소녀의 상사병이 시작되었다. 견디다 못한 소녀, 몇 달 며칠 곡기를 끊다가 결국 사고를 쳤다. 다행히 일찍 발견한 아버지가 그녀를 업고 왔다. 아버지는 돈이 없었다. 개구리처럼 엎드려 아이를 살려달라고 울었다.

정진도, 간단히 응급처치를 하고 보낼 수 있었다. 그러나 우직하게도 근본 치료에 들어갔다. 소녀를 천천히 살렸다. 시간으로 약을 삶은 것. 일부러 회복을 늦춰 상사를 비장 속에서 시들게 만들었다.

두 달 뒤, 소녀가 일어났을 때 사위었던 비장은 거의 정상이었다. 간절하던 소녀의 마음도 거의 정상이었다. 소녀는 다시 일상으로 돌아갔다.

"……."

민규의 손이 파르르 떨었다. 그런데 그의 능력을 공유하는 주제에 꿀 먹는 길을 가려 하고 있었다. 그렇다면 상사병이나 실연으로 인한 비장의 문제가 완벽 불치이던가? 그건 꼭 시간만이 해결할 수 있는 병인가? 의지가 갈래를 치고 나갔다.

현대는 과거와 달랐다. 헤어지면서 상처받지 않는 사람도 많았다. 그만큼 적극적이고 긍정적이라는 얘기였다. 그 긍정을 이용할 수 없을까?

"……!"

갈래 끝에서 답을 하나 얻었다. 긍정의 사고방식. 그렇다면 정면충돌이었다.

'까짓것.'

처음 생각한 요리들을 머리에서 지웠다. 민규의 처방 역시
정면충돌이었다.

—약선율무가시연밥죽, 소고기를 다져 넣은 궁중기방, 약선
익비병, 궁중만두과, 약선유자정과, 약선들깨차.

김예리를 위한 요리는 화려한 요리로 탈바꿈을 했다. 대충
체면치레로 넘어가려던 것에 비하면 일대 반전이었다.

율무가시연밥죽의 주재료는 율무, 까치콩, 가시연밥, 마, 만
삼, 백복령, 삽주뿌리, 멥쌀 등이다.

건비익기(健脾益氣)에 좋다. 약선익비병 또한 찬 비위와 속을
따뜻하게 한다. 궁중만두과는 사실 약과에 속했다. 그러나 만
두처럼 소를 넣은 약과. 대추 살과 곶감 살을 넣어 맛과 모양
에 더불어 열량을 초고속으로 올리는 역할까지도 가능했다.

유자정과와 들깨차는 김예리의 체질에 맞췄다. 체질의 강점
을 살리는 건 언제나 약선의 기본이었다.

그런데……

그 식재료 또한 과하게 많았다. 셋 중에서 가장 적게 먹는
미식(微食)체질. 그렇다면 겨우 맛이나 보고 마는 정도인데 민
규의 양은 곱빼기 수준에 가까웠던 것.

반전이니까.

정면충돌이니까.

민규는 완전 의도적이었다.

타닥타닥!

민규의 칼이 바람처럼 움직이기 시작했다. 서두르지 않지만 빨랐고, 빠르지만 간결해 보였다. 동시에 보는 이들의 시선을 압도했다. 요리 하나하나가 완성되어 가는 동안 방청석은 숨소리도 제대로 내지 못했다. 그 요리들이 접시에 세팅되기 시작했다.

"와아아!"

박수는 홍설아의 것이었다. 다른 사람들은 방해가 될까 봐 엄두를 못 내지만 그녀는 진행자. 그녀가 안달을 하며 박수를 치자 박수의 물결이 이어졌다.

민규의 요리.

한 줄로 늘어놓으니 한마디로 신선의 만찬이었다. 전상우의 요리에서는 약선황기대추설기가 돋보였다. 건새우를 구워 만든 가루를 뿌려놓으니 분홍 꽃 보석처럼 보였다. 가루가 되었으니 아이의 소화에도 문제가 없을 일이었다. 율란 역시 눈길을 끌었다. 특히 세 가지 색을 들여 묻혀놓은 참깨가루, 호두가루, 잣가루가 압권이었다. 입에 넣으면 생크림보다 부드럽고 고소할 것만 같았다.

다음은 약선쑬개튀김이었다. 이건 보리수단과 창면의 합체를 보는 것 같았다. 주재료는 멧돼지 쓸개. 그러나 눈에 보이는 건 황금보리였다. 마른 쓸개를 거칠게 갈아 입자로 만든 민규. 보릿가루 반죽을 콩알만 하게 떨어 그 안에 쓸개를 넣고 갈무리를 하고는 참기름에 튀겨낸 것. 그 알들을 감람수와 요수를 더한 물에서 백년초 색감으로 코팅을 한 후에 건져 우유에 담아내니 은은한 다홍이 꿈결처럼 보였다.

쓸개는 대장의 열 저격용, 보리와 참기름은 살을 찌우는 식재료였으니 콩알 크기 속에 비기를 숨긴 약선이었다.

김예리의 요리는 흡사 공주에게 바치는 특식과도 같았다. 그 하나하나의 접시에는 화려한 절육과 꽃오림이 곁들여졌다. 소박하고 순수한 연출을 좋아하던 평소와는 아주 다른 비주얼이었다.

'셰프님……'

세팅을 본 재희의 미간이 살포시 좁혀졌다. 이제야 어떤 요리가 누구에게 가는지 알게 된 것. 전상우도 그렇지만 나머지 두 아이도 요리 양이 너무 많았다. 재희는 민규를 알고 있다. 턱없이 남길 요리를 하지 않는다. 그러나 여기는 방송국. 카메라에 예쁘게 잡히도록 배려한 것으로 생각할 수밖에 없었다.

"마침내 살을 찌우는 요리가 나왔습니다. 한마디로 '맙소사'에, '우와'입니다."

홍설아의 소감은 솔직했다.

"요리를 본 소감이 어떠세요?"

홍설아가 전상우의 어머니에게 물었다.

"너무 예뻐서 말이 안 나오네요. 우리 상우가 잘 먹었으면 좋겠어요."

"동민 학생은요?"

질문이 옆으로 넘어갔다.

"저는 빨리 먹고 싶어요. 더도 말도 살이 저 요리만큼만 찌면 좋겠어요."

"우리 예리 학생은?"

씨익!

김예리의 답은 보일 듯 말 듯 한 미소가 전부였다.

"자, 이번에는 과연 어떤 기적이 일어날까요? 제 생각에는 아까 비만 팀에서 빠진 살이 이쪽으로 건너오면 좋을 것 같습니다만……."

높아지는 홍설아의 멘트와 달리 스튜디오는 칼날 긴장이 가득했다.

"그럼 시식 들어갑니다."

홍설아가 시작을 알렸다.

"상우는 이걸 먼저 먹이시기 바랍니다."

민규가 상우 어머니에게 물 한 컵을 주었다.

"뭐요?"

"몸 안의 찌꺼기를 나오게 하는 약수입니다. 찌꺼기를 빼고 먹으면 효과가 더 좋을 겁니다."

"설사약인가요?"

어머니가 울상을 지었다.

"아닙니다. 크게 힘들지 않을 테니 먹어보세요."

민규가 물잔을 건네주었다. 어머니가 물을 먹였다. 아이는 아무런 반응도 없었다. 어머니가 민규를 바라보았다. 순간, 아이가 콜록 재채기를 토했다.

"……!"

그걸 본 어머니의 이마가 창백하게 변했다. 전상우, 뼈만 앙상한 아이의 입에서 뭔가가 넘어왔다. 걸쭉한 가래들이었다. 그러나 가래는 하수구 찌꺼기를 닮아 있었다. 악취도 풍겼다.

"등을 두드려 주세요. 더 나올지 모릅니다."

탁탁!

어머니가 민규 말을 따랐다. 그러자 가래 찌꺼기가 조금 더 넘어왔다.

"된 것 같습니다. 물 먹이고 요리를 먹게 하면 될 것 같습니다."

혼탁이 흐려지는 걸 확인한 민규가 물러났다. 토하게 하는 도창법. 성공이었다.

'다음은……'

민규의 시선이 하동민에게 옮겨 갔다. 하동민은 편안하게 요리를 먹었다. 설야멱을 게 눈 감추듯 멸종시켜 버리고 대추 산약죽도 싹쓸이로 해치웠다. 그러고는 약선쑬개수단 그릇을 집어 들었다.

"씹지 말고."

민규가 주의를 주었다. 안에는 쓸개가 들어 있기 때문이었다. 하동민은 끄덕거리며 민규의 지시를 받았다. 그리고 숟가락으로 후르륵 마셨다. 하지만, 결국 미친 듯이 인상을 구기고 말았다. 쓸개수단 몇 알을 씹어버린 것이다.

"우엑!"

극강의 쓴맛에 놀란 하동민이 구역질 증세를 보였다. 먹은 걸 토해 버리면 모든 게 허사가 될 일. 비상사태에 직면하는 민규였다.

하지만 민규는 이미 대처하고 있었다. 상대는 소년이었다. 음식이란 입에 들어오면 씹어야 맛. 그건 본능에 속했다. 재희에게 신호를 한 민규, 볼펜을 받아 하동민의 복사뼈 위쪽의 혈자리를 꼭 눌러주었다. 삼음교였다. 이 혈자리는 구역질과 구토, 식체의 명혈. 아이에게 먹이는 쓸개이기에 만약을 준비하던 차였다.

끄어억!

하동민이 트림과 함께 구역질을 멈췄다. 재희가 요수를 건네주었다. 그걸 마시자 안정을 찾는 하동민이었다.

'후우!'

민규는 혼탁부터 확인했다. 대장에 형성된 강력한 혼탁의 줄기. 그리고 거기서 이어지는 위의 혼탁. 다행히 조금씩 기세가 풀리고 있었다.

식역증……

민규에게 잡혔다.

'어휴!'

민규의 표정을 본 재희도 안도의 숨을 쉬었다. 방청석의 종규도 다르지 않았다. 하동민이 다시 숟가락을 들자 겨우 자리에 앉는 종규였다.

"역시 이 선배님······."

옆자리의 차미람도 조바심을 수습했다.

"우리 이 셰프, 정말 대단하지?"

귀빈석의 박세가가 차영순에게 말을 건넸다.

"그렇네요. 방금 침 자리를 잡은 거죠?"

"맞아. 나도 선친께서 하는 걸 봤거든. 진짜 요리 명인은 소화에 관련된 침도 놓을 줄 알아야한다고 하셨지."

"선생님도 좀 놓으시잖아요?"

"나야 짝퉁이지. 열 명 놓으면 한두 명 효과가 있을까? 하지만 이 셰프는 거의 명의급이야. 방금 저 혈자리··· 삼음교라는 곳인데 아무나 놓는 침 자리가 아니거든. 게다가 진짜 침도 아니고 볼펜 끝으로······."

"저 이마에 식은땀 보이세요? 그것도 모르고 이 셰프에게 쳐들어갔잖아요. 지금 생각하면······."

"이하 동문이야. 나도 방송에서 호되게 당하지 않았나?"

"그나저나 이번에도 성공할까요?"

"차 선생이 보기엔 어때?"

"요리들 면면은 하나같이 비위와 기를 보하는 것들이에요. 게다가 한방적인 원리까지 알고 있으니 잘될 것 같기는 한데 대상자들 상태가 워낙 최악이라……."

"그렇지?"

"저 같으면 두 손 들고 말았을 거예요. 시간을 한두 달 받은 것도 아니고 자판기 뽑듯 즉석이라니……."

"그러니 이 셰프가 대단하다는 거 아닌가? 우리가 꿈도 못 꾸는 걸 현실로 만들고 있잖아. 차 선생이나 나는 말만 약선 요리였지. 솔직히 말하면 안 먹은 것보다 좀 나은……."

"선생님도… 요리는 약이 아니잖아요. 바른 식생활을 하다 보면 점진적으로 개선이 되고 질병도 낫게 되는 거지……."

"그걸 지금 이 셰프가 깨고 있잖은가? 우리가 너무나 당연시하던 그 벽 말이야."

"……."

"최소한 둘은 성공이야."

"둘이라고요? 그럼 하나는?"

"큰 여자애 말이야. 관건은 저 아이 같아. 내 생각에는 요리를 안 먹을 것 같단 말이지."

"하지만 이 셰프의 요리는 사람을 끄는 마력이 있잖아요? 그런 약수까지도 요리하는 게 이 셰프고……."

"그것도 먹은 다음에 할 말이지. 저 아이 물잔을 봐. 입만 대고 거의 마시지 않았어."

"……."

"그런데 이 셰프… 그 아이랑 기 싸움이라도 하려는 건지 엄청난 양을 차려놨어. 아까 저 아이 자료 나오는 화면 봤지? 깨작깨작 한두 수저 뜨다 마는 미식……."

"그래서 분량을 늘린 거 아닐까요? 아무리 좋은 요리도 너무 적으면 모양이 나지 않아서 식욕이 당기지 않으니……."

"그건 삼류들 행태고, 상대는 이 셰프야. 무슨 생각이 있는 게 분명해."

"생각이라면?"

"그러니까 흥미진진한 거 아닌가? 이거, 나처럼 성질 급한 인간은 숨이 넘어가겠단 말이지."

박세가는 앞에 놓인 생수를 벌컥벌컥 들이켰다.

"……!"

김예리는 정말 요리에 손을 대지 않고 있었다.

"왜?"

민규가 조용히 물었다.

"……."

"내키는 대로 먹으면 돼. 죽을 먼저 먹어도 되고 살찌는 데 좋은 소고기가 들어간 기방부터 먹어도 되고, 아니면 이 익비병부터 먹어도… 엇!"

익비병을 집어 들던 민규가 하나를 떨어뜨렸다. 동그란 익비병이 데구루루 굴러가 김예리의 무릎에 떨어졌다. 순식간의 일이었다.

"아, 내가⋯⋯."

재희가 나서려 하자 민규가 말렸다.

"김예리⋯⋯."

익비병을 짚으며 김예리의 귀에 가만히 속삭였다.

"먹어. 사랑도 파워가 있어야 하는 거야."

"⋯⋯!"

김예리가 흠칫거렸다. 느닷없는 말이기 때문이었다.

"네가 좋아하는 그 아이도 이 방송을 보게 될 거야. 기회잖아. 네 매력을 보여줘야지. 안 그래?"

"⋯⋯?"

"나는 알아. 네가 왜 이렇게 빼빼가 되었는지⋯ 상사병이잖아? 기왕 좋아하는 거면 다시 도전해 봐. 켄터키치킨의 샌더스는 1,009번의 실패 끝에 성공했대. 설마 니가 그 정도 도전한 건 아니지?"

"⋯⋯."

"그러자면 밝고 예쁜 모습을 보여야지. 이렇게 꼬질하고 뼈만 남은 사람을 누가 좋아하겠어? 설마 동정표 구하는 건 아니겠지?"

"⋯⋯."

"물부터 마셔. 그런 다음에 네 피부를 만져봐. 굉장히 좋아졌을 거야. 내 말이 틀리면 요리는 안 먹어도 좋아. 아, 한 가지 더. 매운맛은 줄여줘. 그거 좋아하면 너 몸이 점점 나빠져."

말을 마친 민규, 익비병을 집어 들고 아무 일도 없는 듯 물러났다.

"……!"

김예리는 여전히 그대로였다. 세상에서 관심을 끊은 듯한 표정. 사실 그녀의 출연은 자의가 아니었다. 엄마가 이틀 밤낮을 눈물로 호소하는 바람에 마지못해 따라왔던 것. 처음에는 방송인 줄도 몰랐던 김예리였다.

그녀가 좋아하는 건 같은 학원에 다니는 중학교 3학년 오빠였다. 다섯 번이나 고백을 했지만 뺀찌를 먹었다. 충격으로 상심을 했다. 친구들과 아는 언니들에게만 얘기하고 엄마에게는 이야기도 하지 않았다.

사람들의 반응은 뻔했다.

잊어라.

남자가 걔밖에 없냐?

시간이 약이다…….

그런데…….

이 셰프는 달랐다. 일단은 그걸 아는 것부터 그랬다. 의사도 모르고 엄마도 모른다. 그런데 정확하게 알고 있다니… 그럼에도 그 사실을 입 밖에 내지 않았다.

피부?

손을 보았다. 개판이다. 그 오빠의 말이 스쳐 갔다.

"너 지방에서 왔냐? 완전 도마뱀 피부네?"

도마뱀 피부.

처음에는 그저 놀리는 소리인 줄 알았다. 하지만 사실이었다. 木형의 김예리, 아빠의 식성 때문인지 매운맛을 좋아했다. 어릴 때는 친척들 앞에서 청양고추를 씹어 먹어 어른들을 놀라게 한 적도 있었다. 매운맛이 목형의 건강을 쳤다. 폐대장에 병맥을 초래한 것. 그것조차 꿰뚫고 있는 셰프… 시선이 물컵으로 갔다. 문득 민규를 바라보았다.

마셔봐.

그 눈이 말하고 있었다. 강요는 아니었다. 압박도 아니었다. 오랜 대기로 목도 조금 마르던 차. 물을 마셨다. 추로수와 요수를 더한 물이었다. 식도와 위가 촉촉하게 젖는 게 느껴졌다. 마치 갈라진 땅에 내리는 단비 같았다. 편했다. 일반 생수와는 완전히 다른 느낌이었다.

쪼르륵!

민규가 또 한 잔을 따라놓았다.

마셔.

이번에도 눈빛으로 하는 말이었다. 기왕 시작한 거. 그 컵도 비워 버렸다. 다시 반 잔이 더해졌다. 그것도 비웠다. 그러자 온몸에 온기가 돌기 시작했다. 가만히 두 손을 모았다. 그런데…….

"……?"

놀란 김예리가 손을 바라보았다. 마주친 손의 느낌이 좋았다. 손등을 쓸었다. 팔목도 쓸었다. 그 손은 이내 두 볼로 올라갔다. 볼의 느낌도 굉장히 부드러웠다.

먹어.

민규의 시선이 다른 신호를 보내왔다. 이번에는 음식이었다.

"이 물, 한 컵 더 줄 수 있어요?"

마침내 김예리의 말문이 열렸다. 놀란 엄마가 벌떡 일어섰다. 눈치 빠른 홍설아가 그녀를 진정시켰다.

쪼르르.

물잔이 채워졌다. 김예리는 단숨에 비워냈다. 그 눈은 손목에 있었다. 손목이 따스했다. 느낌은 점점 좋아졌다. 김예리, 결국 숟가락까지 집어 들었다.

"오, 하느님."

뒤에 있던 엄마가 울컥하는 게 보였다. 김예리가 요리를 먹기 시작했다. 그동안의 보상이라도 원하는 걸까? 그녀의 시식(?)은 몹시 전투적이었다. 늦게 시작했지만 가장 빨리 요리를 비워냈다.

폭식!

일반인들이야 무리하면 먹을 수 있는 양이지만 그녀에게는 경천동지의 사건. 그런데… 거기서 엄마를 까무러치게 하는 말 한마디를 보태놓았다.

"더 없어요?"

더 없어요.

그 한마디에 스튜디오가 숨을 멈췄다. 천년의 봉인이라도 된 듯 도무지 먹을 것 같지 않던 아이. 그럼에도 그녀의 식도 문을 열어버리는 민규였다.

"왜 없겠어? 뭘로 해줄까?"

민규가 요리대 앞에서 화답했다.

"이거하고 이거, 그리고 이 차요. 굉장히 고소하네요."

김예리가 그릇을 짚었다. 궁중기방과 익비병, 그리고 들깨차였다. 김예리의 어머니는 일어선 채 오열을 참고 있었다. 먹지 않고 사위어가면서 그토록 애를 태우던 김예리. 마침내 식욕의 문이 열렸다. 어머니는, 그것만으로도 만족했다. 행복했다.

다닥다닥!

기방을 위해 소고기를 다지며 김예리의 체질창을 보았다. 말라비틀어진 비장에 물기가 오르고 있었다. 로봇 같던 표정에도 생기가 물들었다. 임시방편이 아니라 근원과 맞짱을 뜬 민규의 승리였다. 그 기쁨을 만끽하려는 듯 민규의 칼질은 무한 스피드로 날고 있었다.

타다다닥!

다닥뚝딱!

이것이 바로 셰프의 즐거움.

약선요리의 카리스마였다.

"엄청났네!"

박세가가 민규 어깨를 잡았다. 변재순도 감격에 찬 모습. 차영순은 두말할 나위도 없었다.

"이 셰프님."

다음은 이규태와 그의 한의사들이었다. 무대 아래로 내려온 민규는 성원해 준 많은 사람들에게 일일이 고마움을 전했다.

"약선요리와 궁중요리의 아이콘다웠습니다."

진우재의 평도 좋았다.

"아, 씨……."

종규는 민규가 내민 손에 격한 하이 파이브를 맞춰주었다. 민규가 당겨 가만히 품어주었다. 말하지 않아도 알았다. 방청석에 앉아 얼마나 가슴을 졸였을까?

"셰프님!"

축하와 인사 행렬은 그치지도 않았다. 이제는 우태희와 윤화 등의 미녀 지지자들이었다.

"미러클이에요. 더 할 말이 없어요."

민규를 둘러싼 미녀들이 조바심을 태웠다. 그녀들의 애타는 마음은 아직도 진행형이었다.

민규!

세 아이에게도 화끈한 결과를 안겨주었다.

전상우 7kg에서 8kg으로!

하동민 28kg에서 29.5kg으로!

김예리 26kg에서 27.5kg으로!

그들의 숫자 변화는 비만 팀에 비해 미미했다. 하지만 민규의 마법은 그게 끝이 아니었다.

"시작은 미미합니다. 하지만 이 세 어린이의 체중은 이 프로그램이 끝나는 순간까지 계속 올라가게 될 겁니다. 내일도 모레도……."

경악!

예고 하나로도 스튜디오는 경악에 휩싸였다. 절대 불변의 몸무게. 저주의 피골상접. 그 임계점을 깨고 살찌는 쪽으로 가닥을 잡은 것만 해도 경악할 일이었다. 그런데 감히 '진행형'을 선언한 것이다. 그것을 끝으로 민규는 무대를 내려왔다. 세 어린이에게 준 건 각각의 상황에 맞춘 초자연수뿐이었다.

물만 먹어도 살찐다.

그건 초고도비만에서 볼 수 있는 일.

그게 과연 초저체중 아이들에게서도 가능하단 말인가?

전문가들도, 주치의들도 서로 의견을 나누느라 바빴지만 민규는 아이들에게 애정 어린 마음을 남겨주고 방청석으로 내려왔다.

이제는 홀가분하게 장광의 요리 퍼레이드를 지켜보면 될 일이었다.

"장내 정돈해 주세요. 촬영 재개합니다."

피디가 소리쳤다.

순간, 하동민이 쪼르르 저울 쪽으로 걸었다. 민규의 말을 기억하는 하동민. 휴식 시간 동안 물을 다 마셨기에 체중이 궁금한 모양이었다. 그건 0.5kg 때문이었다. 그의 몸무게는 29.5kg. 어린 그지만 30kg에 대한 소망이 없을 리 없었다.

"엄마!"

저울 위의 그가 비명을 질렀다. 촬영준비를 하던 스태프들이 놀랐다. 하나둘 자리를 잡던 전문가들도 그쪽으로 시선을 돌렸다.

"악!"

하동민의 부모도 비명을 질렀다. 둘의 시선은 체중에 꽂힌 채 사시나무처럼 떨고 있었다.

"어머!"

확인에 나선 홍설아도 그 자리에 얼어붙었다. 역시 저울 때문이었다.

[30.5kg]

저울의 계량치였다. 30분 정도 쉬는 시간에 다시 1kg이 붙은 것이다.

"셰프님, 동민이가 그새 1kg이 늘었어요. 30kg을 돌파했다고요!"

홍설아가 방청석의 민규를 향해 소리쳤다.

짝짝짝!

기립 박수가 쏟아졌다. 쉬고 있던 카메라맨이 서둘러 그 장면을 찍었다. 하동민, 무사히 잠입(?)한 쓸개가 본격 활약에 나선 것. 멧돼지 쓸개 하나를 거의 다 넣었으니 쓴맛의 위세가 대장의 열을 진압하기 시작한 것이다. 그 열이 식자 위장의 장애도 함께 풀렸다. 이제 천지 사방의 진기를 흡수할 수 있었으니 줄줄 새던 칼로리가 온몸으로 흡수되기 시작한 것이었다.

하동민만 그런 건 아니었다. 정진우도 그렇고 김예리도 그랬다. 단지 그 테이프를 하동민이 끊는 것뿐이었다.

"셰프님!"

하동민이 민규에게 달려왔다.

"고맙습니다."

"뭘, 이제 시작인데."

민규가 웃었다. 그야말로 시작이었다. 식역증을 해소한 하동민. 비장의 혼탁이 빠르게 사라지고 있었기 때문이었다.

일주일.

그 정도면 될 것 같았다. 하동민이 정상에 가까운 체중으로 돌아가는 시간. 하동민을 옆에 낀 채 김예리를 바라보았다. 민규와 눈이 마주치자 그녀가 살포시 웃어주었다. 그녀의 미소에도 소녀다운 생기가 엿보였다. 그녀 역시 시간문제였다.

8. 따뜻한 뒤풀이

무대에서는 장광의 스킬이 빛을 발하고 있었다. 그 역시 첫 방을 위해 필살기와 비장의 무기를 갖추고 나왔다. 주제는 민규의 퍼포먼스와 같은 방향. 다이어트식과 허약 체질 개선식이었으니 순식간에 여섯 요리를 세팅해 놓았다.

"와우!"

박수가 나갔다. 장광은 이마의 땀을 닦으며 흐뭇한 미소를 지었다. 보기가 좋았다. 역시 그의 내공은 빈틈이 없었다. 점검과 해설을 위해 전문가들이 출동했다.

"식재료는 어떻게 구한 겁니까?"

맛 칼럼니스트가 물었다.

"새벽 시장에서 직접 골라 왔습니다."

장광이 답했다.

"유기농이나 특별한 건 아니고요?"

"식재료 고르는 귀신으로 불리는 이민규 셰프의 도움을 받았습니다. 유기농은 아니지만 신선도와 안전성은 유기농 이상입니다. 방송 팀 자체에서도 매번 식약청 수준의 체크를 하고 있고요."

장광이 생오이를 잘라 내밀었다. 맛 칼럼니스트가 그걸 깨물었다.

아삭!

소리부터 달랐다. 수분이 촉촉한 오이는 싱그럽지 그지없었다. 값은 보통이지만 최상품이 분명했다.

"최고의 식재료도 좋지만 우리는 누구나 주변 시장에서 구할 수 있는 식재료를 표방합니다. 레시피도 매 방송 전에 미리 공개합니다. 시청자 여러분은 미리 연습한 후에 같이 만들어 볼 수 있습니다. 단순히 보여주는 요리가 아니라 함께하는 요리가 되어 대한민국 모두가 신선처럼 건강한 식생활을 누릴수 있으면 합니다."

장광이 포부를 밝혔다. 그 신념에 박수가 쏟아졌다. 장광은 방청석으로 내려간 민규에게 찡긋 윙크를 보냈다. 이 테마는 민규의 주장이었다. 장광은 생각도 못 했던 일. 윙크는 그에 대한 보답이었다.

시식은 홍설아가 맡았다. 다이어트식 쪽이었다.

"설레네요."

요리를 받아 든 그녀의 소감이었다.

"엄마, 나 출세했어. 내 요리 좀 봐. 왕비님 상차림 같지 않아?"

그녀가 카메라에 대고 오버를 했다. 그런 다음 요리 하나하나를 정성껏 먹기 시작했다. 정말이지 그러지 않을 수 없는 요리였다. 데커레이션으로 놓은 꽃과 채소오림도 먹고 접시에 묻은 채소 소스도 닦아 먹었다. 그 행동 하나도 요리의 품격에 맞춰 우아했다. 이미지 변신을 위해 얼마나 노력했는지 엿보이는 장면이었다.

"어때요?"

장광이 물었다.

"아… 말 시키지 마세요. 너무 행복해요. 잠시 이 기분을 누리고 싶거든요."

홍설아는 눈을 감은 채 몸서리를 쳤다.

하하핫!

스튜디오가 함께 웃었다.

"여러분, 한 달 후를 기대해 주세요. 홍설아의 감량 목표, 반드시 이루고 말 겁니다."

아직도 젓가락을 놓지 않은 홍설아, 카메라를 향해 의지를 불태웠다. 장광이 함께 인사를 하면서 첫방의 녹화가 엔딩을 알렸다.

"이 세프님!"

홍설아가 민규를 무대 위로 불렀다.

"나가자."

민규가 재희의 팔을 건드렸다.

"저도요?"

"당연하지? 너도 오늘은 내 일부였어."

"셰프님⋯⋯."

울컥하는 재희를 앞세워 무대로 나왔다.

"와아아!"

방청석이 일어섰다. 전문가들이 일어서고 여섯 체험 대상자들이 일어섰다. 그들의 부모가 일어서고 주치의들도 일어섰다.

짝짝짝!

누구랄 것도 없이 박수가 쏟아져 나왔다. 민규와 재희, 홍설아와 장광, 피디까지 더불어 꾸벅 답례를 했다.

"셰프님⋯⋯."

두 살 정진우가 아장아장 걸어 나왔다. 민규가 아이를 안아 올렸다. 가볍지만 이제는 무게감이 느껴졌다. 그 옆으로 하동민과 김예리가 섰다. 비만 팀 세 명, 아니, 네 명도 민규 옆에서 기념 촬영을 했다. 그들이 넷인 건 태아 때문이었다.

"셰프님!"

박상희가 민규를 불렀다.

"네?"

"남친하고 통화했는데 아이가 생겼다니까 결혼하자네요."

"그래요? 잘됐네요."

"그런데 허락받을 일이 있어요."

"말씀하세요."

"아이 태명 말이에요, 민규라고 지어도 될까요?"

"저야 영광이죠."

"고맙습니다. 남친이 그것도 허락받고 오라고 해서요."

"결혼식 때 초대해 주세요. 원하시면 부모님석에 축하 약선요리 하나씩 제공하겠습니다."

"와아, 정말요?"

박상희가 그 큰 덩치로 동동 발을 굴렀다.

쿵쿵!

스튜디오가 흔들릴 정도였다.

"예리도 파이팅, 참고로 내가 용기를 주는 약선요리도 할 줄 알거든. 혹시 용기가 조금 달리면 찾아와. 만들어줄게."

민규는 예리를 챙겼다.

"셰프님, 이거 진행자의 촉인데 아까부터 좀 수상해요."

홍설아가 촉을 세우고 나왔다.

"뭐가요?"

"두 사람이 뭔가 있죠?"

"아뇨. 우리 아무것도 없는데… 그렇지?"

민규가 예리를 바라보았다. 예리는 끄덕 고갯짓으로 민규 편을 들었다. 어느새 막강 케미를 형성한 민규와 예리였다.

"자자, 정말 수고들 하셨습니다. 방송은 오늘 저녁 7시입니다. 기가 막히게 편집해서 올려놓을 테니 다들 기대해 주세요."

천광술 피디가 종료를 알렸다.

"강재희, 이종규!"

초빛의 야외 테이블에서 민규가 두 이름을 호명했다.

"예, 셰프."

종규와 재희가 대답했다.

"오늘 응원단으로 와준 내 후배들을 위해 주방 앞으로."

"예, 셰프!"

둘은 군말 없이 주방으로 뛰었다. 민규가 남은 건 차미람과 후배들 때문이었다. 다른 손님들은 방송국에서 인사를 마쳤지만 후배들은 데려왔다. 차미람이 상의할 게 있다고 한 말 때문이었다. 그녀 옆에는 동기생 세 명이 눈을 똘망거리고 있었다.

"오늘 정말 굉장했어요, 선배님."

"눈이 정화되는 거 같았어요."

"저는 정말 요리에 그런 세계가 있는 줄 처음으로 알았어요."

후배들의 소감이 이어졌다.

"좋은 말은 거기까지. 약선요리의 세계는 아직도 무궁하거든?"

"그래서 미칠 것 같아요. 저희는 대체 뭘 배웠는지……."

차미람이 한숨을 쉬었다.

"학교는 기본을 가르칠 뿐이야. 스스로 길을 찾지 않는 한 학교에서 이루고 나오는 사람은 없어."

"선배님도 그랬어요?"

다른 후배가 물었다.

"나? 완전 찌질했지. 오죽하면 차라리 노가다 뛰는 게 낫겠다고 생각해 본 적이 많았겠어."

"와아, 그 말을 들이니 저희도 희망이 생기는데요?"

"그나저나 차미람, 할 말 있다며? 시간 많지 않으니까 해봐."

민규가 차미람을 바라보았다.

"있기는 한데 저희가 염치가 없어서요."

"염치 같은 소리. 모를 때는 그냥 막 무데뽀로 물어보면서 배우는 거야."

"그럼 염치 불고하고……."

차미람, 주저를 멈추고 뒷말을 이어놓았다.

"떡?"

민규가 고개를 들었다.

"안 되겠죠?"

민규의 반응에 차미람의 목소리가 기어들어 갔다. 다른 후배들도 기가 죽는 표정이었다.

"누구 생각이야?"

"저희들끼리… 아무래도 취업도 쉽지 않고… 졸업하면 무조건 취업해서 수련하는 과정을 가져야 하나 싶기도 하고… 선배님 보니까 부러움에 더해 용기도 나고……."

"그래서 떡집?"

"예……."

"결정 과정은?"

"나름 시장조사는 했어요. 우리끼리 시간 날 때마다 모여서 만들어보기도 했고요. 저희 네 명이 합심해서 일하면 상호 보완도 되고 배달에 택배까지도 스스로 해결할 수 있을 것 같아서요."

"……."

"저희가 다들 집안이 좋지 않아서 돈 말고는 뭐든 열심히 할 자신 있거든요."

"만든 작품 찍은 사진 같은 거 있어?"

"네."

차미람이 핸드폰을 열었다. 떡 사진이 나왔다.

두텁떡, 녹두팥편, 쌍개피떡, 감찰떡…….

종류는 꽤 되었다. 공부를 많이 했다는 증거였다.

"이걸로 개업하려고?"

"그래서 선배님 조언을 좀 구하려고요."

"포장은?"

"포장도 따로 만들어보았어요. 시장 떡 이미지는 버리려고요."

화면이 넘어갔다, 오색 물을 들인 한지 포장이 나왔다.

"강남하고 서초 쪽 유명한 제과점 돌았고요. 저가 항공 6개월 전에 예약한 다음, 일본에서 이름난 화과자점도 몇 군데 돌아보았어요. 그래서 생각한 게 우리 한지예요. 기본 틀은 대나무로 만들고 색색의 한지를 덧입히면 돈도 많이 들지 않더라고요."

"상품 포장 아이디어 많이 짜냈네."

"시시하게 덤벼서는 안 될 거 같아서요."

"그런데 정작 주력 떡은 왜 한계를 그어놨지?"

"⋯⋯?"

민규의 지적에 차미람과 후배들이 일제히 긴장했다.

"두텁떡은 왜 만들었어?"

"그게 고종 황제께서 즐겼다고 해서요. 요즘 대세가 스토리가 있는 상품이⋯⋯."

"대세는 오래 안 가. 나중에 다른 대세가 나오면 또 뭘로 바꿀 건데? 그다음에는? 그럼 대표 상품이 없잖아?"

"⋯⋯."

"우리나라 떡의 국대로 꼽히는 인절미는 왜 빠졌을까?"

"그건 너무 흔한 떡이라서……."

"흔하다? 그럼 흔하지 않게 만들면 되는 거 아니야?"

"……."

"인절미의 절미(絶味)가 무슨 뜻인지는 알아?"

"……."

"절미는 가장 맛있는 떡이라는 뜻이야. 그런데 그걸 빼고 무슨 떡 장사? 소 없는 만두로 승부 보게?"

"……."

"다른 궁리는 많이 하면서 왜 그래? 요리는 기본에서 시작이야. 기본이 튼튼하면 얼마든지 응용이 가능하잖아? 인절미도 말이야 주로 찹쌀로 만들지만 차조와 차기장을 넣어도 돼. 다른 건 안 되겠어? 거기다 쑥을 넣어 치대면 쑥인절미가 되고 대추를 치대면 대추인절미가 되잖아?"

"아……."

"기다려 봐라."

민규가 일어섰다.

"어휴, 간 떨려……."

민규가 멀어지자 후배 하나가 가슴을 쥐어뜯었다.

"그러게. 우리 쫓겨나는 거 아니야?"

다른 후배들도 애가 탔다.

"야, 어차피 주사위는 던져졌어. 이제는 선배님 바짓가랑이라도 잡아야 해. 그러니 다들 정신 바짝 차려."

차미람이 주의를 환기시켰다.

시간이 흘러갔다.

차미람과 동기들에게는 하루 같은 기다림이었다. 그렇다고 평소처럼 핸드폰 게임을 할 수도 없었다. 바짝 긴장한 넷은 핸드폰조차 무음 상태였다.

컹컹!

어둠이 내린 숲 뒤의 주택에서 개 소리가 들릴 때 민규가 나왔다.

"너희들 생각이 기특해서 보여주는 샘플이다."

민규가 쟁반을 내려놓았다. 그 안에 든 접시에는 갖가지 떡들이 저마다 우아한 자태를 뽐내고 있었다.

"우왓!"

"으아아!"

후배들의 비명이 터졌다.

첫 접시는 포도즙 물을 들인 송편이었다. 한쪽에는 흰깨와 검은깨에 잣 한 알을 박아 포인트를 줬다. 두 번째는 한 입 크기의 계피원소병. 새하얀 자태 위에 오린 대추를 마감하니 단아한 꽃이 따로 없었다. 세 번째는 해바라기씨 경단. 그 또한 우아한 자태에 침이 절로 넘어갔다. 그 옆은 채를 썬 밤을 묻혀낸 밤경단이었다. 졸여낸 유자 껍질을 오려놓으니 눈이 호강을 했다. 그다음은 연자육경단. 한쪽은 녹차가루로 녹색 경단을 빚었고 또 한쪽은 천년초가루로 고귀한 적색 빛깔을 입혀놓았다. 거기 올라앉은 대추 조각은 신비감까지 더하고 있었다.

마무리는 오미자약식과 느티떡이었다. 밤과 대추, 잣을 더한 약식에 오미자를 입혀놓으니 약식 중에서도 약식. 해바라기씨를 나뭇잎 삼아 가운데 박아둔 오미자 살점 하나가 보석처럼 눈길을 끌었다. 느티떡의 존엄 역시 푸근하면서도 정감이 돌았다.

"어떠냐?"

민규가 소감을 물었다.

"뭐라고 할 말이……."

차미람이 고개를 숙였다.

"가져가라."

"네?"

"가져가서 먹어보고 공부하고 최대한 똑같이 만들어 와라. 그럼 레시피 넘겨준다."

"정말요?"

차미람과 후배들이 반색을 했다.

"베끼는 것도 공부야. 대신 제대로 베껴야겠지?"

"선배님……."

"공부하는 김에 다양하게 해봐라. 석류젤리, 오미자정과, 쑥단자, 도행병, 고사리빙떡에 밤전까지… 할 거 많잖아? 떡집이라는 타이틀에 얽매이지 말고 떡을 중심으로 한 전통요리들… 고사리빙떡이나 밤전 같은 건 목이 메지 않으니 떡 싫어하는 사람들에게 좋고, 석류젤리나 오미자정과 같은 건 여자들과 아이들이 좋아할 테고… 아, 도행병도 사실 굉장히 섹시한 떡이지."

"선배님……."

"자, 시식 감상 시간은 10분 준다. 소화 잘되는 약수 한 잔씩 곁들여 줄 테니 맛보고… 이것 때문에 조금 늦었지만 식사 나올 거니까 서두르도록. 알았지?"

"네, 썬배님!"

후배들 넷은 기립한 채 합창을 했다. 그런 다음 바로 머리를 맞댄다. 상상과 응용. 사실 처음에는 어렵다. 하지만 한번 그 한계를 넘어서기만 하면 일상이 된다. 남들이 다 가는 길이 아닌 길을 가려는 후배들. 조금이나마 도움이 되면 좋을 일이었다.

"요리 나옵니다."

잠시 후에 종규가 나왔다. 재희도 그 뒤를 이었다. 진수성찬이 세팅되었다.

—궁중모로계잡탕, 약선표고찜, 궁중토란떡, 약선콩깍지편두, 동아장과, 식혜.

여섯 요리에 고슬고슬 익어 나온 오곡밥을 놓으니 왕의 성찬이 따로 없었다.

"이야, 너무 과한 거 아니냐?"

민규가 두 셰프(?)를 바라보았다.

"과하긴요? 국대 셰프의 손님들에게는 오히려 약소하죠. 그렇죠?"

재희가 차미람에게 동의를 구했다.

"맞아요. 아까 방송국 일로 봐서는 만한전석을 차려도……."

차미람이 웃었다.

"참아라. 이게 다 누구 돈인데?"

"쳇, 그래서 요리 준비하던 재료들, 떡 만든다고 해서 다 양보해 줬잖아? 덕분에 형은 떡 빨리 만들어서 체면 차렸고. 그러면 됐지."

종규가 볼멘소리를 냈다.

"억울하면 빨리 셰프 되든가."

민규가 조크로 받아쳤다. 그때 또 다른 요리가 민규 어깨 뒤에서 넘어왔다.

"그럼 이건 어때?"

각색 민속전을 내민 건 차만술이었다.

"사장님!"

민규가 반색을 했다.

"서둘렀는데 선수를 뺏겼네. 아무튼 먹어봐. 오늘의 쾌거를 축하하는 마음으로 만들었으니까."

차만술이 약주 몇 병까지 내려놓으니 구색이 제대로 맞았다.

"엇, 그러고 보니 방송 나올 시간이야."

시계를 본 종규가 안으로 뛰었다. 그런 다음 벽의 텔레비전을 떼어 와 창가에 걸었다. 순식간에 즉석 상영관이 되었다.

"나온다."

재희가 소리쳤다.

민규네 일동은 음식에 손도 대지 못한 채 방송에 빠졌다. 천광술 피디의 편집 때문이었다. 잡다한 것들을 깔끔하게 잘라내고 기막히게 이어놓았다.

짝짝!

짝짝짝!

후배들의 박수는 쉴 틈이 없었다. 차만술도 그랬다. 민규를 위해 형식적으로 보내는 박수가 아니었다. 화면 속의 민규는 스튜디오에서보다 더 압도적인 카리스마를 발휘하고 있었다. 강조할 곳에서는 강조를 하고, 군더더기가 되는 건 잘라낸 덕분이었다.

편집!

민규에게 초자연수가 있다면 천광술에게는 편집 스킬이 있었다. 다소 어수선했던 장면까지도 긴장의 연속으로 승화시킨 천광술의 편집. 민규의 약선요리 레벨을 미친 듯이 부각시켜버린 것.

"와아아!"

방송이 끝나자 후배들과 재희, 종규가 기립 박수를 보냈다. 차만술의 솥뚜껑 같은 손바닥도 육중한 소리를 보탰다.

방송에 나와준 여섯 체험자들의 내일을 위해 건배.

고마운 모두를 위해 건배.

민규가 답례의 잔을 높이 들었다. 맛있는 밤이 소복소복 깊어갔다.

9. 손님의 자격

띠링띠링!

띠링띠링!

방송의 반향은 폭발적이었다. 전화는 그날 밤부터 불이 났다. 종규가 수화기를 내려놓았다. 이른 아침, 새벽 시장을 다녀온 후에 다시 수화기를 올려놓았다. 그 이른 시간에도 전화는 폭발 직전까지 울렸다. 별수 없이 또 내려놓고 말았다.

"예약할 수 있나요?"

"거기 가면 살을 빼주나요?"

"우리 아이가 바로 방송에서 본 그런 체질 같은데 살 좀 찌워줄 수 있을까요?"

"살려주세요. 우리 남편이 움직이는 해골바가지 좀비 모드예요."

종규는 그들의 하소연을 외울 정도였다.

"며칠 갈 거 같은데?"

종규가 어깨를 으쓱해 보였다.

그러나 불이 난 건 가게 전화만이 아니었다. 종규가 예약을 받는 코스는 다양했다. 가게 전화가 가장 기본이지만 블로그도 있었고 SNS 계정도 있었다. 그것들 역시 홍수처럼 예약 문의가 넘치고 있었다. 민규도 예외는 아니었다. 민규의 핸드폰은 공식적으로 노출한 적이 없었지만 그렇다고 안전지대는 결코 아니었다.

"......!"

문자와 멘트의 양은 살인적이었다. 다른 중요한 문자들조차 읽을 수 없을 지경이었다. 더구나 일부 문자들은 차마 그냥 삭제하기 어려운 사연들이 많았다. 살찐 사람들의 고민과 마른 사람들의 고민. 그 둘을 섞어줄 수 있다면 얼마나 좋을까?

예약 코스를 막는 것만이 해결책도 아니었다. 정보화시대. 더구나 이미 여러 번 화제에 올랐던 민규네 초빛이 보안이 될 리 없었다.

목불택조(木不擇鳥)의 원칙이었다. 나무가 무성해지면 일부러 새를 부를 필요가 없다. 새가 스스로 찾아오는 것이다.

전화가 막히자 사람들은 아날로그 방식을 택했다. 가게로 직접 찾아와 버린 것. 그런 사람들은 예약 타임 사이에 하나둘 주문을 받아주었다. 더러는 저 먼 남쪽 지방에서 온 사람도 있는 까닭이었다.

그런데, 남쪽 지방 정도는 깜냥도 되지 않는 경우까지 발생했다. 저녁 무렵 찾아온 사람은 홍콩에서 날아온 고도비만 아이였다. 부모가 돌아가시고 조부모 밑에서 자란 여자아이. 9살에 이미 120㎏를 사뿐히 넘고 있었다. 그의 조부모는 골동품 수집상이었다. 집안은 넉넉했다. 부모 없는 아이다 보니 과잉보호를 하면서 먹고 싶은 대로 먹어준 게 출발이었다.

"며칠이라도 기다리겠습니다."

할아버지가 영어로 말했다. 아이는 민규의 처분만 바라는 눈치였다. 별수 없이 테이블에 앉혔다. 아이는 제대로 걷지도 못했다. 뒤뚱뒤뚱, 한쪽으로 무너질 것만 같았.

아이는 방송국에서 보았던 박성희와 닮은 꼴이었다. 육중한 몸 볼륨의 정체는 바로 살과 습.

"좋아하는 음식은?"

민규가 아이에게 물었다.

"많아요."

아이가 대답했다.

"괜찮아."

"쑤안라탕, 꿍빠오지띵, 탕추러우, 티에반니우러우, 동지앙이

엔쥐지, 야써워츠, 파사오정쭈터우, 베이징카오야, 차오콩신차이, 친차이러우쓰, 샤오총빠떠우푸… 더 해도 돼요? 서양 음식과 일본 음식, 한국 음식도 많아요."

"싫어하는 건?"

"뭐 파이황과나 상구요우차이, 빤황과 같은 거요."

아이가 답한 건 죄다 채소류가 주를 이루는 요리들이었다. 달고 기름진 음식을 좋아하는 아이. 당연히 간에 무리가 가고 심장이 몸서리를 친다. 그 대미지는 비장에 차곡차곡 적립이 된다. 이자 또한 단리가 아니라 복리에 복리라서 더욱 치명적이다.

이제는 방송과 다른 상황. 육천기를 동원해 가벼운 식사로도 끝낼 수 있었다. 하지만 아이에게 진정한 먹는 즐거움을 알려주고 싶었다. 자극적인 음식이 아니라 자연 그대로의 맛……

원래라면 아이는, 그런 맛을 좋아할 리 없었다. 그러나 사안이 달랐다. 아이 역시 다이어트에서 수도 없이 실패했고, 남의 나라까지 날아온 처지. 게다가 민규에 대한 신뢰와 기대가 높았으니 폭주하던 아이의 위장에 요리의 참맛을 보여주기로 했다.

아이에게 맛의 줄을 세워주었다.

쓴맛〉신맛〉짠맛〉단맛이 그것이었다. 오감으로 가면 시각〉청각〉미각〉후각〉청각이 된다. 그러나 맛에 있어 가장 중요한 것

따위는 없었다.

신맛이 지나치면 간장의 힘이 넘치지만 비장의 기를 소진시켜 버린다. 비장이 상하는 것이다. 짠맛 역시 지나치면 뼈의 기운이 약해지고 근육이 과팽창하게 되어 심장을 억누른다. 심장이 상하는 지름길이 짠맛이었다. 단맛도 다르지 않았다. 지나치면 숨이 차고 피부가 검어지니 신장에 대미지를 준다. 쓴맛은 비위를 망친다. 매운맛 역시 근맥을 상하게 하거나 정신이 맑지 못하니 간장을 버리기 십상이었다.

아이도 비장이 엉망이었다. 다이어트 약을 분별없이 먹어대 간도 좋지 않았다. 간을 버리면 그다음 도미노가 바로 심장. 간장과 심장은 목생화(木生火)의 관계이기 때문이었다.

건신증력(健身增力).

경신감비(輕身減肥).

양간명목(養肝明目)…….

몸의 힘을 기르는 약선부터 비만을 잡는 약선, 간과 시력을 보하는 약선에 오장을 달래는 맛까지 차례로 선을 보여주었다.

그러나 그 양은 감질날 정도였으니 처음에 아이는 황당한 얼굴이었다.

이걸 먹으라고요?

간에 기별도 안 가요.

아이의 얼굴이 말했다. 그도 그럴 것이 각 요리의 양은 터

무니없이 적었다. 약선포도송편은 달랑 두 개였고 약선새팥연자죽은 한 입 거리였다. 소방의 형태로 빚어낸 약선다슬기만두 역시 작은 것 세 개… 사이사이 함께 나온 오미자양갱과 녹차양갱도 달랑 두 개씩이었다.

아이의 식사는 환호와 실망의 교차 반복이었다. 민규의 약선요리. 맛이야 당연히 기가 막혔다. 자기 취향이 아니라 마지못해 집어 들지만 입에 들어오면 별천지가 되어버리는 것. 하지만 그 양이 적었다. 그러니 매번 빈 접시에 좌절하는 아이였다.

약선뽕나무창출죽과 약선조엽쑥단자는 비교적 넉넉하게 인심을 썼다. 아이의 슬픔을 달래는 주메뉴이기 때문이었다. 조엽쑥단자 역시 기대감 충족을 위해 마련했다. 아이가 양에 위로를 받고 있을 때 가장 중요한 요리가 나왔다. 육천기였다.

연꽃을 띄워 장식처럼 내놓은 두 개의 잔이 그것이었다. 그것은 아이의 코앞에서 소리 없이 후각으로 들어갔다. 육천기의 위력은 과연 압도적이었다.

얼마나 압도적일까?

실험에 들어갔다. 포슬포슬 분이 나는 감자를 쪄서 으깬 민규. 버섯을 치대 넣고 베이컨과 치즈로 두 겹을 감았다. 거기 꿀을 살짝 바르고 밖으로 삼겹살을 감쌌다. 마무리는 돼지의 내장 기름막 대망으로 고정. 그걸 오븐에 넣고 구워냈다. 오븐을 여는 순간, 주방에는 고소한 냄새가 폭발을 했다.

"셰프님."

냄새에 끌린 재희가 다가왔다.

"와아!"

재희가 놀랐다. 약선요리와는 반대의 풍후함으로 옥침을 협박하는 요리에 놀란 것이다.

"먹고 싶어?"

민규가 물었다.

"혜헷!"

재희가 웃었다. 약선요리를 하는 마당에 기름진 삼겹살을 먹고 싶다는 얘기를 차마 할 수 없는 것이다. 민규는 그 요리에 간단한 장식물을 더해 아이 앞에 올려놓았다.

"먹으렴."

"……!"

이제는 아이도 놀랐다. 할아버지도 의외라는 눈치였다. 신선의 음식 같던 요리만 나오더니 비만 치료에 전혀 어울리지 않는 요리가 올라온 까닭이었다. 아이가 한 점을 포크로 찍었다. 그걸 입에 넣더니 행복하게 물었다.

바삭!

노릇하게 구워진 삼겹살이 비명을 냈다. 그러자 입안에서 풍후함의 폭발이 일었다. 이중으로 감싼 베이컨과 살짝 더해진 꿀의 진한 맛. 그 속에 숨었던 감자 또한 고소한 기름을 촉촉하게 빨아들여 별천지의 담백함을 이루고 있었다.

꿀꺽!

그 모습을 바라보던 할아버지는 자신도 몰래 침을 넘겼다. 요리의 풍미가 테이블을 장악한 것이다.

"같이 맛보시죠."

민규가 할아버지에게 권했다.

"아, 아뇨. 아이 먹는 걸……."

할아버지가 사양했다.

"드세요. 아이가 다 먹지 않을 겁니다."

민규가 웃었다.

그 말은 바로 증명이 되었다. 한 조각을 맛나게 먹은 아이, 두 번째 조각을 먹더니 포크를 내려놓았다.

"왜?"

할아버지가 물었다. 아이의 먹성과 식성을 아는 까닭이었다. 지금까지 먹은 건 아이가 잘 쳐다보지 않던 메뉴들. 더구나 양도 적었다. 그런 차에 나온 베이컨삼겹살감자구이. 아이 입맛을 저격한 요리였으니 다 비워내도 시원치 않을 정도였다.

그런데!

그 아이가 포크를 내려놓은 것이다.

"제 약선요리는 여기서 끝입니다."

연꽃차로 마무리를 한 민규가 정중히 파장을 알렸다.

"그럼 우리 아이도?"

할아버지가 민규를 바라보았다.

"한동안은 식탐을 부리지 않을 겁니다. 오미의 새로운 맛을 알았으니 파이황과나 샹구요우차이, 빤황과 같은 요리도 좋아하게 될 거고요. 한 달쯤 후에 한 번 더 오시면 비만은 해결되리라 봅니다."

"정말 그럴까요?"

"그럼요. 지금 보셨지 않습니까?"

"갑자기 너무 안 먹어도 문제가 되지 않을까요."

"제가 쓴 약수는 일종의 기입니다. 몸을 해치는 게 아니라 자연의 기를 채워 편안한 상태를 유지하게 하는 거니까 걱정하지 않으셔도 됩니다."

"그럼 저도 방송처럼 살이 빠진 건가요?"

민규의 설명이 끝나기도 전에 아이가 물었다.

"아마!"

"잠깐만요."

아이는 비틀 벽을 짚고 일어섰다. 그러더니 뒤뚱뒤뚱 차로 걸어갔다. 아까보다는 가벼워진 걸음이었다. 아이가 뭔가를 꺼냈다. 보지 않아도 알 것 같았다. 그건 체중계였다.

"우와!"

아이가 소리쳤다.

"빠졌니?"

할아버지가 물었다.

"아까보다 6㎏이 빠졌어요."

아이가 체중계 위에서 펄쩍 뛰었다. 그리고……

와작!

죄 없는 체중계의 사망 비보가 들려왔다.

"고맙습니다, 셰프님."

아이가 인사를 해왔다.

"고맙습니다."

할아버지의 인사도 정중했다.

"선물!"

민규가 육천기 한 통을 안겨주었다. 냄새를 다 맡은 후에 마시라는 주의도 함께 주었다. 아이는 물에서 코를 떼지 않았다.

주방으로 들어가니 재희와 종규가 남은 베이컨삼겹살감자구이를 관찰하고 있었다. 이따금 침도 넘어갔다.

"보기만 해서 제대로 아냐? 먹어봐야지."

"진짜 먹어도 돼?"

종규가 반색을 했다.

"약선요리사라고 약선요리만 먹으라는 법은 없지."

민규가 먼저 한 입을 물었다.

와삭!

청아한 소리가 예술이었다. 미각세포에 이어 연구개까지 때리는 맛은 더 환상이었다. 삼겹살 역시 약선으로 쓸 수 있다.

하지만 무작정 먹으면 비만의 원인이 된다. 요리는 천의 얼굴을 가졌다. 천의 얼굴…….

소나기는 피해 간다.

민규네 초빛도 그랬다. 방송으로 야기된 폭우는 며칠 동안 줄기차게 이어졌다. 비만학회의 예약이 들어오고 비사모(비만 사랑모임)의 예약이 이어지고 이규태 박사의 한방병원 비만클리닉 예약도 줄을 이었다.

다행히 폭우는 서너 밤이 지나면서 잦아들었다. 유명세 한 번 제대로 치르는 민규였다.

목요일 저녁, 천광술 피디가 국장과 함께 찾아왔다. 그들이 내놓은 출연료는 무려 3억이었다. 민규의 출연료가 3천만 원이었고 협찬 광고, 스폰서들의 후원을 합한 금액이었다.

"보람되게 쓰겠습니다."

군말 없이 받았다. 처음부터 약속된 일이기 때문이었다.

"한 달에 한 번씩만 출연해 주서도 좋겠는데……."

국장이 여운을 던졌다.

"상황 봐서 협조해 드리겠습니다."

민규 역시 여운으로 자리를 마감했다.

3억!

민규 후원 사업의 종잣돈이 들어오는 순간이었다.

금요일은 바빴다. 시간이 오래 걸리는 궁중요리가 많았다.

그러나 보람은 쭉쭉 늘어났으니 어려운 요리에는 그만한 보람이 뒤따랐다.

이날의 인기 메뉴는 단연 '우미증방'이었다.

우미증방(牛尾蒸方).

어떤 요리일까?

이름을 보면 알겠지만 소꼬리가 들어간다. 천기를 미리 누설하자면 곰탕과 설렁탕의 중간에 속한다. 곰탕와 설렁탕의 차이는 뭘까? 어떻게 보면 거기서 거지지만 요리의 관점에서 보면 '완전' 다르다.

우선 곰탕은 살코기와 내장이 주인공이다. 그에 비해 설렁탕은 소뼈가 주인공이다. 그렇다면 곰국은 또 어떻게 다를까? 곰국은 소고기에 무를 넣으면 간단하다.

뼈와 살.

비만과 저체중의 화제를 옮겨 온 듯하다.

주인공이 다르니 간을 하는 방식도 다르다. 곰탕은 요리를 만드는 중간에 간을 하고 설렁탕은 먹기 전에 간을 한다. 우미증방의 경우에는 요리 중간에 간을 넣는다. 어떤 단백질의 경우에는 간이 들어가야 더 잘 우러나는 까닭이었다. 원전 '정조지'의 레시피에는 청장으로 간을 하지만 민규는 벽해수로 간을 잡았다. 소금 대용이지만 소금과는 차원이 다른 맛을 내는 벽해수였다.

우미증방은 소꼬리가 재료이니 뼈에 속해 설렁탕 쪽이지만 조리하는 동안 간을 하니 곰탕. 좋게 보면 좋은 걸 다 응용한 셈이었다.

우미증방은 콜라겐 덩어리다. 구수한 맛에 더불어 어르신들과 뽀얀 피부를 원하는 여자들에게 좋았다.

우미증방에 곁들인 건 모과였다. 토종 천초와 계피를 곁들여 작은 경단으로 만들어냈는데 인기가 하늘을 찔렀다.

"사이다를 먹은 것 같다."

"속이 시원하다."

감상 평은 소화제처럼 나왔다. 모과는 나무에 달린 참외라는 의미. 그 향은 실로 오묘하다. 달고 쓰고 짜고 쓰고… 거의 오미자급이다. 그러나 모과에는 결정적으로 따뜻한 맛이 있었으니, 위를 돕고 목과 코를 시원하게 뚫어준 것이다.

"형!"

손님들이 빠지자 민규가 다음 예약 손님을 알렸다. 민규가 예약판을 보았다.

[후밍위안 외 1명]

그리고 세 시간 후에…….

[영부인 외 1명]

"......"

시선이 살쩍 멈추는 민규였다.

후밍위안.

여전히 신경이 쓰이는 이름이었다.

깨똑!

그때 핸드폰이 울었다. 차미람이었다.

[선배님, 과제물 보여 드리고 싶은데 언제 시간이 되세요?]

대화창을 보고 잠시 생각에 잠겼다. 보여 드리고 싶다. 그렇다면 민규가 제시한 떡들의 재현을 끝냈다는 얘기였다. 그렇다면 미룰 수 없었다. 내일이나 모레로 미루면 다시 만들어야 한다. 연습이라는 측면에서는 좋은 일이지만 학생들이다 보니 '식재료비'의 문제가 동반될 일이었다.

[만들었으면 당연히 튀어와야지, 왜 물어?]
[와아, 그럼 지금 당장 달려가겠습니다.]

차미람의 대화창에서 의욕이 묻어났다.

그사이에 후밍위안의 세단이 들어섰다. 기사가 내려 차 문을 열었다. 후밍위안이 나왔다. 그리고… 그녀 다음에 내린 사람… 뜻밖에도 영국 대사 부인 레이첼이었다.

"안녕하세요? 셰프?"

레이첼의 목소리가 마당을 흔들었다. 대사관에서의 만행(?)은 까맣게 잊은 얼굴이었다. 민규도 웃어주었다. 어쨌든 손님이었다.

"방송을 봤어요."

자리에 앉은 레이첼의 첫마디였다. 후밍위안은 그저 장단만 맞춘다. 풍후한 몸매의 레이첼. 왜 왔는지 알 것 같았다.

"내가 말이죠, 미슐랭 별이 아닌 식당은 웬만해서는 안 가는데……."

슬쩍 콧대를 세운 레이첼, 잠시 뜸을 들인 후에 뒷말을 이어놓았다.

"방송에서 본 그 비만 치료식 좀 부탁해요. 설마 그거 방송용은 아니죠?"

'허얼.'

"방송용?"

확인 사살이 들어온다.

"당연히 아닙니다만."

"그럼 부탁해요. 방송처럼 이 자리에서 몇 킬로그램 빠진다면 스페셜 팁도 생각해 줄 수 있어요."

레이첼, 보란 듯이 지갑을 꺼내놓았다. 그 오만에 눈물이 날 지경이었다.

"영광입니다."

정중히 손님을 대우한 민규, 다음 말을 붙여놓았다.

"하지만 제 비만 요리는 여사님과 맞지 않습니다."

"네?"

"맞지 않는다고 말씀드렸습니다."

거절!

민규의 맞불이었다.

이봐요, 레이첼 여사님.

내가 말입니다, 돈 몇 푼 준다고 간쓸개 다 빼놓고 덥석덥석 요리해 주는 요리사가 아니거든요.

특별한 요리를 원하면 자격부터 갖추세요.

알아요?

민규의 카리스마가 테이블을 장악하고 있었다.

"……."

"……."

잠시 침묵이 흘렀다. 후밍위안도 감히 끼어들지 못했다.

"말도 안 돼요. 방송에서는 굉장한 난이도의 비만까지 해결하던데, 왜?"

전략을 바꾼 레이첼이 낮은 톤으로 적막을 깼다.

"……."

"혹시 돈이 많이 드는 식재료라도 필요한 건가요? 아니면 구할 수 없는……?

"그런 문제는 아닙니다."

"그럼 대체 뭐죠?"

"되지도 않을 요리를 설명할 의무는 없다고 생각합니다만."

"그럼 후밍위안은 어떤가요?"

"후밍위안 여사님은 가능합니다."

민규가 답했다. 가슴을 졸이던 후밍위안, 얼굴이 살짝 펴지는 게 보였다.

"그런데 왜? 후밍위안이 셰프에게 얻어 온 약수는 나도 잘 맞았어요."

"그러나 체중감량 약수와는 맞지 않습니다."

"……."

"여사님은 비만 약선을 드시겠습니까?"

민규가 후밍위안을 바라보았다.

"나, 나 혼자 먹어도 될까요?"

후밍위안이 난처한 표정을 지었다. 그러나 사양은 하지 않았다. 후밍위안과 레이첼은 나름 각별한 사이. 그렇다고 해도 예뻐지는 데 있어 친분 따위는 고려의 대상이 아니었다.

"여사님은 간단한 약선요리를 올리겠습니다."

레이첼에게도 예의는 다해주었다.

요리를 하기 전에 저울부터 가져다주었다. 후밍위안의 체중을 달았다. 물론 그녀만 알 일이었다. 현장에서 확인을 시키는 이유는 레이첼 때문이었다. 그녀의 조바심을 폭발 직전까지 몰고 갈 생각이었다.

그러나!

막상 두 사람 앞에 세팅된 요리는 완전히 똑같았다.

—조엽을 넣은 새팥죽.

—약선뽕잎만두.

—궁중녹차양갱.

"······?"

후밍위안이 민규를 바라보았다. 내심 기대하던 차에 허를 찔린 기분이 든 것이다.

"보이는 식재료는 같지만 요리에 쓴 약수와 먹는 방법이 다릅니다."

민규가 설명했다. 실은 거기가 핵심이었다. 후밍위안의 요리에는 육천기와 추로수가 들어갔다. 둘 다 허기를 모르게 하는 초자연수들. 그러나 레이첼에게는 쓰지 않았다. 그녀의 약수는 요수와 급류수였으니 사이다처럼 소화를 재촉할 일이었다.

"드셔보시죠."

민규가 요리를 권했다. 후밍위안은 눈과 코로 먹는 요리였고 레이첼은 눈, 코, 귀, 입으로 먹는 요리였다.

"이것 참······."

후밍위안은 멋쩍은 표정이었다. 그러나 민규의 요리 실력을 알기에 토를 달지 않았다. 소박한 질그릇에 담겨 나온 요리를 들고 냄새를 먹었다.

이게 정말 효과가 있으려나?

처음에는 그랬지만……

"……!"

효과 있네.

오래 지나지 않아 느낌을 받는 후밍위안이었다.

신선의 물 육천기.

몇 번 들이켜자 정신이 맑아졌다. 느슨하던 기도 꽉 차는 느낌이었다. 맛있는 요리를 먹기 위해 비워두고 온 위장도 얌전했다.

전후좌우 상하에서 은은하게 밀려드는 안정감. 마치 혈관 안에 공기가 들어온 듯 가벼워지는 몸이었다.

"아!"

마침내 자신도 모르게 신음까지 토하고 말았다.

"후밍위안."

양갱을 먹던 레이첼이 바라보았다.

"너무너무 편안해요. 젊을 때 인도에서 요가를 해보셨다고 했죠?"

"네."

"그때 몸이 정화되는 기분이라고 그랬죠?"

"네."

"내 몸이 지금 그래요. 세상에… 냄새로 먹는 요리라니……."

"후밍위안."

"하아."

후밍위안은 눈을 감은 채 무아지경이었다. 냄새의 진가를 알아차린 것. 그렇기에 한 올의 향조차도 놓치지 않기 위해 들숨을 더 깊이 마시는 후밍위안이었다.

레이첼은 더 이상 먹지 못했다. 요리는 기가 막히지만 기분이 내키지 않았다. 짜증과 스트레스가 밀려온 것이다. 그쯤에서 민규가 슬쩍 비켜주었다. 그러자 후밍위안이 저울 쪽으로 걸어갔다, 그녀는 궁금했다. 가벼워진 몸을 확인하고 싶은 것이다. 조심스레 저울 위로 올라섰다.

"꺅!"

바로 비명이 터졌다.

4kg.

무려 4kg의 감량이었다. 다시 한번 올라가 보지만 저울은 변하지 않았다.

"쓰, 쓰… 무려 4kg이나 빠졌어요."

후밍위안이 소리쳤다.

"말도 안 돼요."

레이첼이 고개를 저었다.

"뭐가요? 조금 전에 체크한 건데요. 그리고 집에서 나올 때도 달아보았어요. 4kg 빠진 거 맞다니까요."

"잠깐만요."

이번에는 레이첼이 올라갔다. 그녀의 얼굴은 그대로 굳어버렸다. 자신의 몸무게는 1㎏이 올라가 있었다. 밥만 먹으면 살짝 올라가는 바늘. 저울은 빌어먹게도 정확했다.

"세상에……."

후밍위안은 눈물까지 글썽거렸다. 그녀의 몸무게는 83㎏이었다. 70㎏대를 꿈꿨지만 쉽게 되지 않았다. 어쩌다 좀 빼야 1㎏ 정도… 그런데 오늘 단숨에 그 소망을 이룬 것이다.

"셰프님, 살이 빠졌어요. 그것도 4㎏이나……."

민규가 돌아오자 후밍위안이 냉큼 보고를 했다.

"축하드립니다. 식탐이 사라졌으니 날마다 조금씩 빠질 겁니다. 60㎏대까지 3~4주 정도?"

"정말요?"

"이번 기회에 식생활도 함께 개선해서 아가씨 때 몸매 찾으시기 바랍니다. 제가 도와드리겠습니다."

"아가씨 때 몸매… 와아……."

후밍위안은 감격에 싸여 어쩔 줄 몰라 했다.

"축하하는 의미로 시원한 약수 한 잔 드리겠습니다."

민규가 차를 내왔다. 레이첼의 것은 약선작설차였고, 레이첼의 것은 추로수를 쓴 뽕잎차였다. 둘 다 살이 빠지는 차지만 차원이 달랐다.

"와아."

이미 비만의 방어선을 깬 후밍위안. 추로수가 혀에 착착 감겼다. 몸이 제대로 받아들이는 것이다.

"셰프님."

레이첼이 입을 열었다. 한풀 죽은 톤이었다.

"말씀하시죠."

"이유가 있죠?"

그녀의 시선이 민규를 겨누었다.

"무슨 말씀이신지?"

"약선요리라고 해도 기본적으로 요리잖아요? 더구나 셰프는 대사관 만찬에서 불특정 다수를 만족시킨 사람입니다. 그런데 왜 나는 안 되는 거죠? 그 이유를 알고 싶어요."

"한 가지 모르는 게 있으시군요."

"네?"

"그때 제가 만족시키지 못한 사람이 있었습니다. 잘 아실 텐데요?"

"……?"

"약선은 약재와 식재료의 궁합이자 그걸 먹는 사람과의 궁합입니다. 그런데 레이첼 여사님의 성격은 배타적이고 이기적이라 제가 맞출 수 없다는 겁니다. 약선에는 상수, 상사, 상외, 상쇄, 상오, 상반이라고 약재들의 성격을 올리고 내리는 방법이 있습니다만, 여사님과는 상반이 될 뿐입니다."

상반(相反).

상오(相惡)와 대립되는 개념이다. 독성이나 부작용이 더욱 심해지는 배합이 상반이었다.

"방법이 없다는 건가요?"

레이첼이 다시 물었다.

방송을 보고 긴가민가했던 그녀. 그러나 이제는 현장에서 후밍위안의 기적을 체험한 판이었다. 더구나 한 달 정도면 아가씨 몸매로 돌아간다고 했다.

어쩌면 사이좋게 풍후한 몸매였기에 더욱 케미가 잘 맞았던 두 사람. 후밍위안만 날씬해진다고 생각하니 경기가 일었다.

"있기는 합니다만⋯⋯."

"뭐죠? 성격을 바꾸라는 건가요?"

"성격이야 하루아침에 바꾸기 어렵겠지만 그 비슷한 방법은 많습니다."

"그게?"

"선행."

"선행요?"

"후밍위안 여사님과 친하셨으니 동양의 사상에 대해 좀 아시겠지요. 동양에서는 선행이 쌓이면 덕이 된다고 하고 있습니다. 그럼 그 덕이 성격을 바꾸는 기본이 될 겁니다."

"덕?"

레이첼이 후밍위안을 돌아보았다. 후밍위안은 끄덕 고갯짓으로 공감을 표했다. 덕의 개념이야 후밍위안이 잘 알고 있을 일이었다.

"어떤 선행을 하라는 거죠? 어차피 힌트를 주는 거면 다 말해주세요. 영국 대사관 앞에 한국 위안부 할머니 소녀상이라도 세울까요? 아니면 영국 중심부예요?"

"그래 주시면 고맙겠죠. 하지만 그건 너무 뜬금없는 일 아닐까요?"

"그럼?"

"제가 학교에서 요리를 배울 때 미얀마에서 유학 온 학생이 있었습니다. 그 친구에게 들었는데 미얀마와 영국은 한국과 일본 정도의 아픈 역사가 있더군요."

"……."

"부군께서는 한국에 오기 전에 미얀마 대사였죠?"

레이첼 부군의 외교관 경력. 그 정보를 아는 건 어렵지도 않았다.

"예……."

"그럼 혹시 미얀마 국경지대의 로힝야족에 대해 아십니까?"

"로힝야……."

레이첼이 미간을 구겼다. 미얀마에 3년이나 살았던 그녀가 그걸 모를 리 없었다.

로힝야족의 역사는 20세기 초반의 영국의 식민 지배 시대로 올라간다. 영국은 손에 물 한 방울 안 묻히고 미얀마를 통치하기 위해 로힝야족을 미얀마로 이주시켰다. 그들을 전면에 내세워 민족 분열과 이간 정책용으로 이용했다.

그러다 미얀마가 독립을 했다. 영국은 빠져나가고 로힝야족은 남았다. 미얀마와 로힝야족의 분쟁의 시작이었다. 영국은 그저 모르쇠일 뿐이었다.

"국경분쟁으로 난민이 된 사람이 많죠?"

"……"

"정치적인 색깔을 풍길 마음은 없습니다. 그러나 그 분쟁의 책임이 없다고 할 수 없는 영국인의 한 사람으로서 그 현장을 방문해 본 적이 있으신가요?"

"……"

"만약 여사님이 그 난민촌에 가서서 어린아이들을 위로한다면, 혹은 여유자금으로 기부라도 하신다면 제가 어떻게 해서든 여사님의 몸을 아가씨 때로 돌려놓겠다는 보장을 드립니다. 그것도 한 달 안에 말입니다."

"셰프……"

"일본은 한국을 침략하고 식민지로 삼았고 갖은 수탈에 위안부의 비극까지 일으켰지만 책임 있는 사과는 하지 않고 있습니다. 영국은 좀 다를까 싶었는데 책임 있는 움직임은 없는 것 같더군요."

"……"

레이첼은 갈등했다. 미얀마의 로힝야족 문제는 다른 경로로도 들은 말이었다. 역사적인 발단은 둘째 치고라도 난민촌의 어린아이들은 어떻게 도와야 하지 않냐는 의견이 많았다.

후밍위안을 보았다. 다른 어느 때보다도 생기가 돌았다. 단연코, 그녀를 알게 된 후로 최고였다. 후밍위안 또한 푸짐한 몸매. 중세 귀부인들의 몸매를 제대로 카피한 체형이었다. 그렇기에 동지(?)이자 위안이었다.

그런 그녀가 갑자기 멀어 보였다. 후밍위안을 중심으로 사교 기반을 잡아온 레이첼에게는 좋은 일이 아니었다. 그것 외에도 이유가 있었다. 늦둥이 때문이었다.

사실 법대 시절의 레이첼은 기막힌 몸매의 소유자였다. 미스 영국 예선도 통과했고, 한때지만 모델로도 활동했었다.

환상적인 몸매는 늦둥이와 맞바꾸게 되었다. 아이를 낳고 산후조리에 실패했다. 당시 영국의 유럽연합 탈퇴가 겹치면서 각국 대사들의 스트레스가 심했다. 덕분에 레이첼도 남편의 관심을 받지 못했다. 아이를 낳고 나니 뼈가 시렸다. 살이 허전했다.

그 위로로 먹었다. 그렇게 먹은 것들이 오늘에 이르렀다. 이제는 먹는 낙으로 살았다. 지성적인 외모와 달리 식탐을 주체할 수 없는 그녀였다.

며칠 전에도 사건이 터졌다.

"엄마는 돼지, 나하고 약속해 놓고 또 먹네?"

치즈가 듬뿍 들어간 스테이크를 혼자 구워 먹다가 아이에게 걸린 것.

커다란 스테이크를 흡입하던 그녀는 넘기지도 뱉지도 못했다.

식사 시간에만 먹을 것.

채식을 주로 할 것.

아이와의 맹세이자 훈육이었다. 견학을 간 아이가 빨리 돌아올 줄 몰랐던 레이첼이었다.

그래서 후밍위안을 따라왔다. 원래 이 자리는 후밍위안 부부가 오려고 예약한 자리였던 것.

"어렵겠지요?"

민규가 확인에 들어갔다. 이 문제를 오래 거론할 생각은 없었다.

그런데…….

"할게요."

레이첼의 답이 전격적으로 새어 나왔다.

"예?"

"한다고요. 대신 내가 그걸 실행하면 셰프님도 약속 지켜야 합니다."

"그러죠. 당신의 시린 뼈와 바람이 든 것 같은 살도 함께 고쳐 드리죠."

"……!"

민규의 보너스 옵션도 그녀를 압도했다. 위의 증세들은 보통 유산한 여자나 산후조리를 제대로 받지 못한 경우에 많이 나타난다. 여태껏 그걸 버리지 못한 채 달고 살았던 레이첼. 두 가지 고민을 한꺼번에 해결할 찬스를 맞은 것이다.

물론 민규에게는 별것 아니었다. 산후조리의 부실로 인한 뼈와 살의 헛헛함에는 뱀장어나 오가피면 충분. 그녀가 약속을 지키면 오가피를 넣어 고아낸 뱀장어탕이나 죽으로 그녀의 고민을 떨쳐내고 육천기의 향을 안겨주면 될 일이었다.

몸이 달아오른 그녀는 전격적이었다.

—셰프.

돌아간 지 두어 시간 후에 전화가 들어왔다. 그녀는 개인적인 자격으로 로힝야족 난민촌에 5만 불의 기부 의사를 밝혔다. 그와는 별도로 한 달 후에 방글라데시 난민캠프에 일주일 동안의 자원봉사도 신청했다. 그녀의 SNS 계정에도 그 글이 올라왔다.

그저 한번 딜을 던져봤던 민규. 어안이 벙벙하면서도 뿌듯했다.

—셰프.

"말씀하세요."

—이제 예약이 되는 건가요?

"물론이죠."

—그럼 제 딸과 같이 가도 될까요? 엄마가 우아한 음식을 먹는 모범을 보여주고 싶어요.

"환영합니다."

민규가 콜을 받았다.

그런 소망까지 뺀찌를 놓을 소인배는 아니었던 것.

"빙고!"

영부인의 예약 시간이 코앞에 닥친 것도 모르고 쾌재에 몸을 떠는 민규였다.

10. 영부인의 격려

약선무위자연면.

국수 만들 채비를 끝냈다. 영부인이 도착하면 바로 요리에 들어갈 수 있었다. 준비 과정 중에 밖을 내다보았다. 차미람이 오지 않은 것이다. 약속 시간이 이미 지나갔다. 하루가 빠듯한 민규, 영부인이 오기 전에 만나려던 계획이 깨지고 있었다.

결국 영부인이 먼저 도착하고 말았다. 영부인은 중년 여자를 대동하고 있었다. 시어머니와 함께 오려니 했던 예상이 빗나가는 민규였다.

"이 셰프님."

차에서 내린 영부인이 반색을 했다.

"오셨습니까?"

민규가 그녀를 맞았다.

"여긴 이번에 문화체육부 새 장관으로 내정된 남은희 의원님. 이 셰프님 요리에 관심이 많길래 내가 모셔 왔어요."

영부인이 동행을 소개했다. 포스가 다르더니 장관이었다. 그녀에게도 인사를 하고 안으로 모셨다.

"방송 봤어요. 요즘 청와대에서도 이 셰프 얘기가 끊이질 않아요."

영부인은 살짝 고무된 상태였다.

"별말씀을……."

"아니에요. 대통령께서도 너무 좋아하시더라고요. 젊은 재주꾼들이 많아야 이 나라가 산다고……."

"그러시다면 더 열심히 하겠습니다."

"그 비만 비방 말이에요. 나는 좀 안 돼요? 나도 뱃살이 쪄서 은근 고민인데……."

영부인이 넌지시 주문을 던졌다.

"지나치게 비만이 아니라면 굳이 뺄 필요가 없습니다. 적당한 살도 복이라지 않습니까?"

"아유, 저 반듯한 성품… 이러니 내가 이 셰프님을 안 좋아할 수가 있어요?"

영부인이 남은희를 돌아보았다.

"저는 방송 보고 아예 충격을 받았습니다. 한국 요리가 여기까지 왔는데 문화부 일에 관심이 많다고 하면서도 도통 모르고 지낸 게 부끄럽더군요."

남은희가 얼굴을 붉혔다.

"나도 이 셰프님 안 지 얼마 안 됐어요. 아무튼 앞으로 우리 장관님이 많이 좀 밀어주세요. 한국 요리도 세계요리에 안 밀리거든요. 솔직히 요리 올림픽이 있다면 우리 이 셰프가 금메달이라고요."

"많은 관심 가지도록 하겠습니다."

둘의 예약은 약선무위자연면 그대로였다. 일단 초자연수 3종 세트부터 올렸다.

"마셔봐요. 우리 이 셰프님이 물 요리도 하는데 이게 아주 신통방통해요. 속도 편해지고 피부도 좋아지고……."

유경험자 영부인이 민규를 대신해 광고를 했다.

"피부까지도요?"

"그렇다니까요. 내가 시어머니 모시고 피부에 좋은 온천 몇 군데 다녀봤지만 이렇게 직방인 물은 처음이에요. 아주 아기 피부가 된다니까요."

"여사님이 그렇게 빠질 정도면 확실하겠군요. 그럼 저도 꿀 피부 한번 체험해 보겠습니다."

남은희가 초자연수를 집어 들었다. 민규는 주방으로 나왔다. 다시 마당을 돌아봤지만 차미람과 일당들은 보이지 않왔다.

공수표인가?

괜한 생각이 들었다.

세상에는 말이 앞서는 사람이 많았다. 차미람도 그 부류에 속할 수 있었다. 젊을수록 멋진 인생을 꿈꾼다. 구체적이고 화려하다. 단점은 그걸 실천하는 게 어렵다는 것. 꿈은 나날이 레벨이 떨어진다. SSS급에서 S급으로, 다시 A급에서 B급으로… 좀 더 내려가다 보면 '평범한 게 최고야' 하며 위로하는 경우가 많았다.

마즙과 새팥 물을 준비했다. 오미자와 백년초도 준비가 되었고 복실한 싸리버섯도 준비가 되었다. 찰지게 반죽한 흙국수가 소면보다 가늘게 썰려 나왔다. 그때 마당에 어른거리는 그림자가 보였다.

"형."

종규가 들어와 턱짓을 보냈다. 고개를 드니 차미람과 일당들이었다. 알은체하지 않았다. 약속보다 한 시간도 더 늦었다. 이제 새로 일을 시작하려는 주제에 자세부터 틀린 것이다.

"형."

종규가 다가왔다.

"놔둬."

"그게 아니라……."

"아니면 뭐? 쟤들 한 시간이나 늦었어. 늦는다는 말도 없이……."

"그건 나한테 문자가 왔었어."

종규가 핸드폰을 보여주었다. 거기 문자가 있었다.

"내가 식재료 검수하느라고 바빠서 못 봤어. 형한테는 괜히 귀찮게 하는 거 같아서 차마 못 했다고……."

"됐어."

그걸로는 위로가 되지 않았다. 어쨌든 늦은 건 늦은 거였다.

"그냥 한번 봐주지… 떡을 전부 새로 만드느라 늦었대. 주방 기구가 충분하지 않아서 동시에 찌다 보니 조금 늦게 나오는 게 있어서……."

"뭐?"

"형한테 심사받으면서 식은 걸 가져올 수 없다고… 그래서 늦는 바람에 전부 퀵 배달 뒤에 타고 달려왔어."

"……?"

민규가 고개를 들었다. 저만치 도로로 달려가는 퀵 오토바이가 보였다. 차미람과 일당들 숫자에 맞춰 네 대였다.

"나 참… 들어오라고 해."

별수 없이 요리를 멈췄다.

"알았어."

종규가 뛰어나갔다.

"선배님……."

차미람이 들어섰다. 고개가 땅에 닿을 정도였다.

"됐으니까 떡이나 펼쳐봐. 퀵 타고 오면서 요란 떨 만한지 아닌지……."

"네에……."

차미람이 고개를 들었다. 순간, 해쓱한 그녀의 얼굴이 민규 눈에 들어왔다.

"얼굴은 왜 그래?"

"죄송해요. 잠을 잘 못 자서……."

"잠?"

"선배님 미션 수행하느라 며칠 밤을 새웠거든요."

뒷줄의 일당 하나가 기어들어 가는 소리로 답했다. 그러고 보니 다들 얼굴이 엉망이었다. 피로에 찌든 것. 그러나 눈빛만 은 샘물처럼 빛나고 있었다.

차미람과 일당들이 떡을 꺼내놓았다. 연잎과 대나무 잎으로 하나씩 감싸고 한지를 덮은 떡. 대나무 바구니가 열리자 푸근한 냄새가 왈칵 끼쳐왔다.

계피원소병, 해바라기씨 경단, 밤경단, 연자육경단, 오미자약식, 느티떡…….

"……!"

민규가 내심 소스라쳤다. 처음에는 눈을 의심했다. 민규가 샘플로 준 것들을 그대로 가져온 줄 알았다. 하지만 그건 벌써 며칠 전의 일. 다시 가져온다고 그때의 비주얼이 나올 리 없었다.

"……!"

놀라움은 한 번이 아니었다. 차미람과 일당들. 단순히 민규가 준 과제에만 멈추지 않았다. 새로운 요리까지 끼어 있는 것이다.

—산삼떡.

—송자해라간.

—전천초.

새 얼굴이었다.

"이건 뭐야?"

민규가 짐짓 물었다.

"정조지를 봤더니 산삼떡이 있더라고요. 옛날에는 귀한 거였겠지만 지금은 산양삼부터 재배산삼이 많잖아요? 어느 정도 럭셔리한 가격으로 만들 수 있고 사람들 관심도 많은 거 같아서 함께 도전해 봤어요."

"레시피 읊어봐."

"레시피는……."

차미람과 일당들이 합창을 하듯 레시피를 쏟아냈다.

1) 산삼을 거칠게 빻아 찹쌀가루와 섞어 반죽을 한다.

2) 깨끗한 판에 놓고 눌러 넓게 펼친다.

3) 칼로 원하는 모양으로 자른 뒤 기름 두른 팬에서 전처럼

노릇하게 지진다.

4) 꿀을 발라 접시에 담아낸다.

레시피는 삽시간에 끝났다. 하지만 민규의 시선은 여전히 산삼떡 위에 있었다. 꿀을 바르지 않은 것이다. 차미람이 부연을 했다.

"산삼은 원래 뿌리부터 잎사귀까지 다 먹는다는데 그러면 푸른빛이 돌아 산삼떡의 취지를 살릴 수 없기에 싹은 떼었습니다. 조금 거칠게 찧어 반죽한 건 씹히는 식감을 위해 그랬고, 꿀을 생략한 건 끈적끈적한 느낌 때문입니다. 요즘 사람들은 손에 뭐가 묻는 걸 싫어하니까요. 대신 반죽에 설탕을 넣어 맛을 살리고 쓴맛도 잡았습니다."

차미람은 쉬지도 않았다. 한두 번 시도한 게 아니라는 반증이었다, 과연 떡은 때깔이 좋았다. 이건 불 조절이 관건이었다. 불이 세면 겉이 타고 약하면 찹쌀이 기름을 흡수해 떡이 늘어지기 때문이었다.

"이것들은?"

이번에는 송자해라간과 전천초를 짚었다. 송자해라간은 일종의 잣강정. 전천초는 간장떡으로 불리는 독특한 맛을 가지고 있다. 만들기 쉽지 않음에도 둘 다 제법 그럴듯하게 나와 있었다.

"그것도 정조지에서… 영양 간식에 밥반찬으로도 그만이라고 해서요."

차미람의 말을 뒤로하고 시식을 했다. 민규가 이 떡, 저 떡 한 입씩 물자 차미람은 숨소리도 내지 못했다.

"못 먹겠네."

"……!"

민규의 한마디가 나오자 차미람과 일당의 시선이 절벽처럼 끊어졌다. 딴에는 혼신을 다해 만든 작품. 그러나 좋은 평을 못 받으니 울고만 싶었다. 그런데… 민규의 뒷말이 무너지던 절벽을 받쳐놓았다.

"맛이 좋아서 혼자는 못 먹겠다고."

"네?"

차미람이 왈딱 고개를 들었다.

"맛이 괜찮다고. 특히 이 산삼떡하고 송자해라간, 전천 초……."

"선배님."

"이거 마시고 밖에 나가서 잠깐만 기다려라. 난 국수부터 해결해야 해서……."

민규가 국화수를 안겨주었다. 피로를 풀어주는 물이었으니 후배들의 수고에 대한 상이었다.

"네, 선배님. 고맙습니다."

차미람과 일당들은 허리라 부러져라 인사를 하고 나갔다. 나가는 모습에서 뜨거운 생기가 물씬 느껴졌다. 자신들이 좋아하는 셰프에게 인정을 받은 요리. 요리를 배울 때 그보다 행복한 순간이란 있을 수 없었다.

"난리 났네."

밖을 내다보던 종규가 혀를 찼다.

"부럽냐?"

"겁나지. 왜 이렇게 요리 잘하는 사람이 많대?"

"겁나면 노력해라. 그거보다 무서운 건 없다."

민규가 국수를 건졌다. 대사관 만찬 때보다 더 맛나게 보였다. 기분이 그랬다. 차미람 일당에 대한 원망은 푸근한 증기와 함께 사라지고 없었다. 남은 건 대견함과 뿌듯함. 이런 날은 요리도 특별히 더 잘된다. 연출된 보람이 아니기 때문이었다.

"와아!"

짝짝짝!

약선무위자연면을 받아 든 영부인이 박수를 쳤다. 남은희의 박수도 함께 나왔다.

"진짜 신선의 요리로군요. 이걸 아까워서 어떻게 먹을까요?"

남은희가 조바심을 냈다. 그 앞에 따끈한 떡을 세팅해 놓았다.

"이건 서비스입니다. 한번 맛을 봐주시겠습니까?"

"아유, 떡도 곱기도 해라."

영부인은 바로 자지러졌다.

"산삼떡부터 계피원소병, 연자육경단 등 다들 족보 있는 우리 전통 떡입니다."

"아유, 이것도 그냥 보석이네. 그렇죠?"

"그러게요. 제가 오늘 눈 호강에 입 호강에······."

영부인에 이어 남은희도 떡을 물었다.

"살살 녹네요. 고소하고 담백하고··· 달달하면서도 천박한 단맛이 아니고··· 역시 이 셰프님 손이 깃들면 뭐든 신선의 요리가 된다니까요."

"실은 그건 제가 만든 떡이 아닙니다."

"네?"

민규의 말에 영부인이 고개를 들었다.

"셰프를 꿈꾸는 졸업반 학생들이 개업을 목표로 만든 건데 제가 보기에 너무 훌륭해서 감히 여사님 상에 올렸습니다. 여사님 미식은 보통 수준이 아니니까요."

"이게 셰프님 솜씨가 아니라고요?"

"네."

"게다가 학생들요?"

"졸업반입니다. 개업을 준비하는······."

"세상에, 또 한 번 뒤통수를 맞네요. 이 떡을 누가 학생들 작품이라고 생각하겠어요? 떡 전문 특급 셰프가 만들었다고 해도 믿겠어요."

"제가 보기에도 좋았습니다."

"아유, 오늘 저절로 배가 부르네. 우리나라에 이렇게 좋은 재목들이 많다니……."

"죄송하지만, 여사님."

"네?"

"그 학생들이 지금 밖에 있습니다. 실은 제가 테스트 삼아 만들어 오라고 했는데 이렇게 열정적이니 여사님과 장관님께서 한번 격려해 주시면 안 되겠습니까? 그럼 예비 셰프들에게 커다란 힘이 될 것 같습니다."

"이 예비 셰프들이 지금 여기 있다고요?"

"예, 떡이 식기 전에 온다고 퀵 배달 오토바이까지 빌려 타고 왔답니다. 아직 자가용이 없으니……."

"어디예요. 내가 나가볼게요."

"아닙니다. 제가 데려오겠습니다."

민규가 선수를 쳤다.

"……!"

민규의 말을 들은 차미람과 일당들은 그 자리에 얼어붙고 말았다. 영부인과 문화부장관. 자신들의 떡을 시식해 준 사람들… 차마 믿기지가 않았다. 다들 너무나 떨기에 마음의 안정을 위해 방제수를 한 컵씩 소환해 주었다.

"안녕하세요?"

테이블에 다가선 네 후배들이 영부인에게 인사를 했다.

"이 떡 만든 셰프들이라고요?"

영부인이 환대를 했다.

"아직 셰프는 아니고 이 셰프님처럼 되는 게 꿈입니다."

차미람이 대표로 답을 했다.

"떡, 기가 막혔어요. 혹시 이거 주문도 될까요?"

"네? 주문요?"

"다음 달 초가 내 생일이에요. 평소에 도와주던 사람들에게 뭘 선물할까 고민 중이었는데 이런 떡이라면 너무 좋아할 거 같네요."

"저, 저희 떡을요?"

"안 돼요?"

"아뇨. 됩니다. 하지만 학생들 솜씨라서……."

"학생이 뭐 어때서요? 학창 시절에 성공을 이룬 사람도 많아요."

"고맙습니다."

차미람과 일당들의 눈에 물기가 어리기 시작했다. 목이 메는 감격. 민규는 말없이 지켜보고 있었다. 얼마나 큰 감격일까? 민규의 격려와는 또 다른 영부인의 격려. 차미람과 일당들에게는 평생의 재산이 될 일이었다.

"떡값은 미리 줄게요. 학생들이라니 영수증이나 그런 건 신경 쓰지 마세요."

영부인이 내놓은 건 500만 원 수표였다.

"이건 너무 많아요. 20인분이라고 하셨으니 한 사람에 2만 원씩, 40만 원이면 됩니다."

"나머지는 장학금이에요. 나중에 이 셰프 못지않은 요리사가 되어주세요."

"여사님……."

"저도 동참합니다. 잘 부탁해요."

남은희 장관도 500만 원을 내놓았다. 그녀 역시 20인분의 주문이었다.

"선배님……."

밖으로 나온 차미람, 울먹거리더니 끝내 울음을 터뜨리고 말았다.

"뭐야? 내가 돈 준 것도 아닌데 왜 울어?"

민규가 괜히 목소리를 높였다.

"고마워요. 정말 너무너무……."

"고맙습니다, 선배님."

일당들도 차미람을 따라 울먹였다.

"아까 영부인님 격려 들으니 울컥했지?"

민규가 물었다.

"네……."

"그 마음, 그 결의 잊지 말고 좋은 요리사가 되는 거다."

"네."

"그런 의미에서 파이팅 한번?"

민규가 손을 내밀었다.

"파이팅!"

차미람과 일당들의 싱싱한 결의가 마당을 흔들었다.

"너희들, 돈 말고는 뭐든 해낼 각오가 되었다고 했었지?"

민규가 물었다.

"네!"

"가게 차릴 자본금은 있어?"

"여기저기 투자할 사람들 찾고 있어요. 선배님이 인정한 떡이라고 하면 투자자가 나올 거예요."

"그 투자, 내가 한 구좌 산다."

"네?"

"계획 세우고 가게 알아본 후에 다시 와라. 가게 보증금 모자라면 일부는 내가 지원할 수도 있으니까."

"와앗, 정말요?"

차미람과 일당들이 뒤집어졌다.

"자그마치 영부인과 문화부장관이 투자하는 후배들이잖아? 선배이자 동료로서 투자하는 건 당연한 일이지."

"선배님……."

차미람과 일당들은 다시 한번 눈물 훙건 모드로 들어갔다. 애들 참…….

투자하는 것, 기부보다 좋았다. 노력하는 후배들이기에 더욱 그랬다.

한국 최고의 떡을 만들기를.

그런 다음에 세계 최고에 도전하기를.

민규의 바람을 아는지 차미람과 일당들의 결의는 활화산처럼 타올랐다.

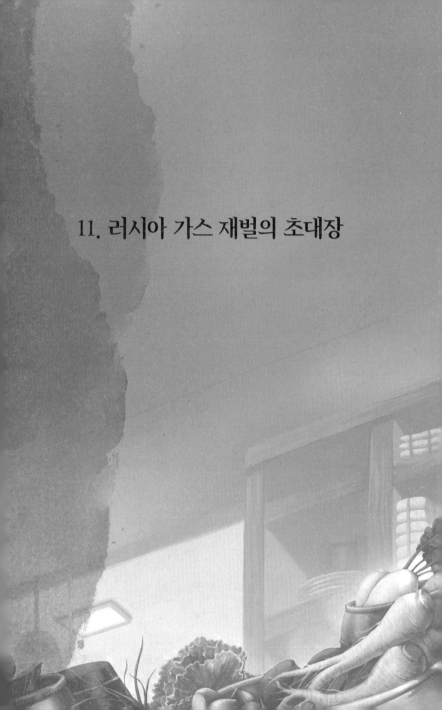

11. 러시아 가스 재벌의 초대장

특별한 날.

루이스 번하드가 오는 날이었다. 일본 쪽 관련 비즈니스가 끝난 모양이었다. 새벽부터 바빴다. 루이스 번하드가 누구인가? 어쩌면 민규 최고의 지지자인지도 몰랐다. 다행히 신병기 육천기가 생겼다. 미식가이니 많이 먹일 수는 없지만 맛은 봐도 상관없을 일. 미세한 맛까지도 잡아내는 그가 어떤 느낌을 받을지 궁금했다.

—약선산야초초밥.

메뉴는 그것으로 정했다. 그가 일임한 까닭이었다. 그는 자연의 맛을 사랑한다. 식재료가 가진 본연의 맛을 잘 살려내는 요리. 그걸 높이 사는 사람이었다.

새벽 시장에서도 싱싱한 채소와 산나물 사냥에 집중했다. 황 할머니 동생에게 온 야생초들이 있었지만 좋은 재료란 많을수록 좋을 일이었다.

"어, 잠깐."

화살나무순을 사고 돌아설 때였다. 익숙한 무엇이 민규의 시선을 스쳐 갔다.

"왜?"

앞서가던 종규가 물었다. 민규가 다시 채소상에 주저앉았다. 비름나물 사이로 삐쭉 고개를 내민 나물. 찾기 어려운 들미순이었다. 민규는 보석을 발견한 듯 두말없이 값을 치렀다.

"들미순이다."

종규에게 넘겼다.

"어, 이건 거의 전설의 산나물 아니야?"

"그렇지. 나무가 천연 보호수라서 함부로 채취할 수 없거든."

"그런데 어떻게?"

"가끔은 모르고 따는 사람도 있지. 두릅과 가죽나물을 합친 모습이잖아?"

"흐음… 누군가의 무지가 누군가의 행운으로 변할 수도 있구나."

"그런데 민들레싹은 왜? 설마 이것도?"

"그 설마가 당첨이다. 민들레싹은 쌉쌀하잖아? 전채로 입맛 살리는 데 제격이지."

"하여간 형 머리는……."

"가는 길에 하남 쪽 야산에 좀 들러라."

"거긴 또 왜?"

"솔잎 몇 개 추리게. 솔잎은 이른 아침에 따야 제맛이거든."

"예, 셰프!"

종규가 충성스레 복창을 했다.

보글보글!

아침 죽물이 끓어오르기 시작했다. 여기저기서 죽물을 받았다. 정기를 잃은 약선죽 예약자들에게 더할 보물들이었다.

[루이스 번하드]

고개를 돌리니 예약 현황판에서 그의 이름이 선명했다. 어제 차미람의 일까지 겹치자 개업 때 생각이 났다.

'방경환 지점장님…….'

그가 없었다면 어땠을까?

아찔했다. 지점장 덕분에 약선요리 대회에 나갔고, 그 옵션을 이룸으로써 빨리 자리를 잡았다. 그렇지 않다면 이것저것 재면서 시간을 허비했을 수도 있었다.

약선요리 대회에서 루이스 번하드를 만났다. 그 또한 얼마나 값진 자산인가? 그 출발점 역시 지점장의 옵션과 지원 덕분이었다. 방울 두 쪽뿐인 민규에게 과감하게 내준 대출금…….

생각해 보니 차미람과 일당들에게 행한 민규의 행동도 그것과 궤를 같이하고 있었다. 그들의 실력과 열정을 확인했다. 신뢰가 가기에 방송 출연금으로 세이브 된 지원 자금을 밀어주기로 약속했다. 민규가 받은 혜택을 후배들에게 실현한 것이다.

생의 보람.

웃음이 절로 나왔다. 단순히 요리만 잘하고, 돈이나 쓸어 담는 것과는 천지 차이였다. 그렇게 산다면 미슐랭의 별을 다 딴들 무슨 즐거움이 있을 것인가?

"후아아!"

"아, 좋다."

아침 죽, 테이블마다 감탄이 새어 나왔다. 어제보다 높고 깊었다. 민규의 보람이 요리에 녹아든 것이다. 원래도 맛난 죽. 자부와 긍지까지 곁들였으니 당연한 일이었다.

"그분 오셨어요."

점심 예약의 마무리에 재희가 다가왔다.

루이스 번하드.

그의 도착이었다. 차는 두 대였다.

"이 셰프님."

차에서 내린 그가 두 팔을 벌렸다. 민규도 팔을 벌려 그의 반가움에 응했다.

"여긴 내 러시아 친구 에바예요. 맛의 신세계를 보여주려고 데려왔지요. 영어를 하시니까 영어로 대화하시면 됩니다."

루이스가 동행자를 소개했다. 30대 초반의 금발 미녀로, 몸매의 탄력이 눈에 띄었다. 그녀와 인사를 나누고 야외 테이블에 앉았다. 아침에 피어난 뽀얀 연꽃이 초록의 잎과 어우러지며 선(禪)적인 분위기를 연출하고 있었다.

"요리는 산야초초밥으로 준비했습니다만, 다른 걸 신청하셔도 됩니다."

민규가 루이스를 바라보았다.

"에바는 원하는 게 있다고 했죠?"

루이스의 시선이 에바를 향했다.

"셰프."

에바가 입을 열었다.

"저는 정력에 좋은 요리를 먹고 싶어요."

정력?

귀를 기울이던 민규가 흠칫거렸다. 단어 때문이 아니었다. 여자도 정력을 원할 수 있었다. 그러나 그녀의 체질창은 아니었다. 그녀의 정력은 아무런 문제가 없었다.

"제가 보기엔 정력 요리보다 머리를 맑게 하는 요리가 필요한 것 같습니다만."

민규가 정중히 의견을 피력했다. 그녀의 머리에 엷은 혼탁이 있는 까닭이었다.

"아니에요. 저는 정력 요리… 뭐, 정 안 된다면 상관없지만요."

"그러시면 정력 요리에 더불어 머리가 맑아지는 요리를 차려 드리겠습니다."

"제 머릿속이 보이시나요?"

에바가 웃으며 물었다.

"느낌입니다."

"루이스에게 듣기는 했는데 신기하군요. 셰프는 손님의 몸이나 건강 상태에 맞춰 요리를 하고 그 문제까지 해결해 주신다고요?"

"그러려고 노력하는 편입니다."

"죄송하지만… 저는 어떤가요?"

에바가 고개를 들었다.

"당신 몸에는 짭짤하고 큼큼한 향이 나는 요리가 좋습니다. 단맛은 몸에 해롭죠. 다행히 균형 잡힌 식사를 하신 건지 몸에 애로도 많지 않습니다. 지금처럼 섭생하시면 정력 요리는 따로 드시지 않아도 좋을 것 같습니다."

"그럼 내가 정력을 얼마나 소비하는지도 알 수 있나요?"

에바가 빙긋 웃으며 물었다.

"……"

"괜찮아요. 알면 말씀하셔도 됩니다."

"당신의 정력은 충분하게 세이브 되어 있습니다. 그걸 보면 최근에는 금욕을 하시는 듯……."

"맙소사!"

민규의 답에 에바가 소스라쳤다.

"그러게 제가 뭐랬나요? 우리 이 셰프는 보통 셰프가 아니라니까요."

듣고 있던 루이스가 웃었다.

"저희 가게 대표 메뉴인 약수 3종 세트입니다."

민규가 전채를 내왔다. 민들레싹양갱과 과일말림을 살짝 곁들여 주었다. 양갱에는 샛노란 민들레꽃도 그대로 살려 넣어 동화의 한 장면을 만들었다.

에바의 초자연수는 열탕, 요수, 냉천수의 조합이었다. 그녀는 음(陰)이 무성했으니 열탕으로 양을 더해 음양의 조화를 맞춰주고 요수로는 비위 강화에 식욕 촉진, 냉천수는 두통과 편두통을 잡으려는 배려였다.

"어떻습니까?"

민규가 초자연수의 시식 소감을 물었다.

"신기하네요. 몸이 평안해지고… 한국에 온 후로 입맛이 바닥이었는데 구미도 당기는 데다… 머리도 괜찮아요."

에바의 표정이 환하게 펴졌다.

"그럼 잠시 후에 요리 올리겠습니다."

"질문이 있는데요?"

에바의 말에 민규가 돌아보았다.

"이 물도 셰프가 요리한 거라고요?"

"예."

"정력이 좋아지는 물도 있나요?"

"당연히……."

"……!"

민규가 내놓은 답에 에바의 눈빛이 출렁거렸다.

"그럼 그 물을 시간과 장소에 구분 없이 요리할 수도 있나요?"

"당연히……."

"마이 갓."

놀라는 에바를 뒤로하고 주방으로 돌아왔다. 러시아 손님. 민규 가게에는 처음이었다. 금발에 얼굴도 예뻤다. 그런데 그녀는 왜 그렇게 정력에 관심이 많은 걸까? 알고 보면 색골? 민규가 세상 모든 일에 통달한 건 아니니 알 수 없는 일. 웃음을 참으며 산야초초밥에 집중했다.

이 세상에서 가장 조심조심 다뤄야 할 식재료는 무엇일까? 값비싼 제비집일까? 아니면 캐비어나 송로버섯일까?

NO.

민규가 고개를 젓는다. 그건 바로 채소들이었다. 민규가 약선요리를 해서가 아니었다. 채소들은 살아 있다. 그들은 요리사의 손길을 알아차린다. 그렇기에 손길을 최소화하는 게 싱싱함을 유지하는 비결이었다. 그렇기에 여린 잎채소들은 칼을 가까이 대면 좋지 않았다. 풍미가 사라지기 때문이다. 칼이 닿는 순간 채소는 비명과 함께 쓴맛을 배출한다. 떫은맛도 배출한다. 채소의 본능이었다.

연한 잎 역시 조심스럽기는 마찬가지였다. 삶기 전에 살짝 씻는다. 흐르는 물이라면 약하게 틀어야 한다, 데친 후에도 살짝 헹구는 게 필수다. 여러 번 헹구면 본래의 맛이 다 씻겨 내려간다. 맛이 아니라 양을 먹는 꼴이 되어버린다.

사실 이런 차이는 채소에만 국한되는 게 아니었다. 생명을 가진 식재료는 모두 이런 특성을 가졌다. 예컨대 생선도 낚시로 잡은 것이 더 싱싱하고 본연의 맛이 좋다. 그물에서 잡힌 건 오랜 시간 발버둥 치고 불안에 떨면서 몸 안에 독소가 쌓이는 까닭이었다.

채소를 손질하는 동안에 밥이 나왔다.

흰쌀밥을 시작으로 새팥밥, 무릇엿밥, 댑싸리씨앗밥, 지부자밥, 피밥… 뚜껑을 열자 윤기가 좌르르 흐르는 밥들이 자태를 드러냈다. 김을 따라 나오는 푸근함은 저절로 위장을 달래주었다. 촉촉이 수분을 머금은 밥들. 몇 알을 떼어 맛을 보니 초밥 쥐기에 그만이었다.

"아따, 냄새 좋다."

황 할머니가 고개를 디밀었다. 몇 알을 떼어 맛을 보여주었다.

"아유, 입에서 녹네, 녹아. 이게 밥이야, 꿀이야?"

할머니는 밥맛에 녹아버렸다.

각종 야생초 씨앗으로 지어놓은 밥은 대자연의 향연에 다름 아니었다. 그것들을 정성껏 쥐어 야생초초밥을 만들었다. 초밥은 두 줄. 한 줄에 여덟이니 열여섯이 한 세트가 되었다.

약선요리 대회와 비교하면 몇 그레이드가 향상된 변신이었다. 에바를 위한 요리는 흑임자에 익모초 씨앗을 갈아 오징어가루와 둥굴레가루를 섞어 미음으로 끓여냈다. 춘우수에 죽물을 더하니 정력 요리로는 그만한 게 없었다. 사실은, 죽물에 춘우수를 섞기만 해도 보통 사람의 정력은 해결될 일. 먹는 즐거움과 체질을 위해 미음으로 쑤어낸 민규였다.

—약선흑임자익모초씨미음.

위에는 잣 몇 알과 소국(小菊) 두 송이를 올려 분위기를 살려주었다.

"원더풀!"

요리가 세팅되자 루이스 번하드가 경기를 했다. 열두 가지 산야초로 쥐어낸 초밥은 그냥 하나의 초원이었다. 그냥 초원도 아니고 눈이 시린 초원이었다.

"전에도 환상이었지만 지금은 그냥 유토피아로군요?"

루이스가 말했다.

"같은 식재료를 쓰기 뭣해 새로운 산야초를 몇 가지 써보았습니다. 밥에도 산야초 씨앗을 응용했고요."

민규가 설명을 했다.

하지만 에바의 표정은 살짝 굳어 있었다. 미음 때문이었다. 정력식이라니 특별한 스태미나 음식을 기대했던 모양이었다. 그런 차에 멀건 미음이 나왔으니……

"그거 정력 요리 맞습니다."

민규가 선수를 쳤다.

"하지만……"

"원래 동양의 신선들은 고기를 즐겨 먹지 않습니다. 그들의 양생법을 들여다보면 황정과 국화 꽃잎만으로도 죽지 않는 진인이 됩니다. 칼로리가 아니라 정기를 먹는 거죠."

"……"

"일단 드셔보시죠. 요리란 몸이 느끼는 것 아니겠습니까?"

"그러시죠. 이 셰프의 요리는 기대를 배신하지 않습니다."

루이스가 거들자 에바가 미음을 떴다.

후룹.

한 모금이 들어갔다. 그사이에 루이스도 초밥을 먹기 시작했다. 첫 초밥은 참비름나물초밥이었다.

"……!"

그의 입이 동작을 멈췄다. 음미의 시작이다. 루이스의 식사는 때로 경건하기까지 해서 민규도 같이 긴장이 되었다.

"으음……"

참비름나물을 넘기고 다음으로 넘어갔다. 이번에는 죽순초밥이었다. 그 아래의 밥은 지부자로 지은 밥이었다. 이어지는 초밥은 두릅에 들미순, 가죽나물, 참나물 등으로 이어졌다. 확실히 루이스는 맛의 계열을 알고 있었다. 그렇기에 민규가 세팅한 대로 따랐다.

도레미파솔라시도.

민규의 배열이었다. 밍밍한 자연미로 시작해 오감을 쓰다듬는 향연으로 이어지는 연주였다. 싱거운 맛에서 시작해 담미, 감미, 고미, 산미, 함미, 삽미로 나가 다시 담담한 맛으로 마무리하는 과정이었다. 그러나 루이스 번하드처럼 지키지 않아도 상관은 없었다. 요리라는 것, 너무 격식을 따지면 체할 수 있었다.

"하아!"

연주곡은 두 줄. 첫 연주곡 감상을 마친 루이스 번하드가 눈을 감았다. 맛의 여운은 아직도 진행형이었다. 태초의 연주가 귓전에서 떠나질 않는 것이다. 싱그러운 풀잎에 들꽃의 소담함이었다. 그러나 그 느낌은 장엄에 가까웠다. 그 원초들이 다가와 오장을 쓰다듬었다. 몸 안의 찌든 것들이 녹아 나갔다. 졸졸졸, 느낌이 좋다. 오장이 새것으로 세팅되는 것만 같았다.

뜬다!

루이스 번하드의 기분은 그랬다. 한없이 청량해진 몸이 둥실 부양하는 것만 같았다.

하아아!

긴 감상 끝에 그가 눈을 떴다. 눈동자는 이슬 머금은 풀잎처럼 맑았다. 그제야 딸림 찬으로 나온 게 보였다. 보랏빛 가지였다. 한 입 크기로 썰어 먹기 좋은 가지. 이건 또 무슨 맛일까 씹어보니…….

"……!"

가지가 아니라 피클이었다. 산가지는 늦가을 찬 서리를 맞을 때 딴 가지. 서릿발 속에서 버티는 생명의 장중함과 숙연함이 오롯이 배어 있다, 그걸 과일식초와 벽해수를 섞은 물에 삶아냈으니 그 또한 정조지에 나오는 족보 있는 피클(?)이었다.

"괜찮습니까?"

민규가 물었다.

"리셋이군요? 이 가지……."

"맞습니다. 한 곡이 끝났다는 정중한 감사의 인사죠."

"말이 필요 없습니다. 셰프의 초밥은 그새 경지를 떠나 경이를 이루었습니다."

"그저 열심히 만들었을 뿐입니다."

"아닙니다. 처음 시작되는 초밥… 싱겁기 그지없는 이 맛이 백미로군요. 비어서 아름답다더니 있는 듯 없는 듯 아련한 맛이 압권입니다."

"주제넘게도 싱거운 맛도 하나의 맛으로 생각되어서 말이죠. 알아주시니 고맙습니다."

"별말씀을… 새로운 맛을 보여준 셰프님이 고마울 뿐입니다."

"하아아!"

루이스와 대화를 나누는 사이, 에바의 한숨이 나왔다.

"에바!"

루이스가 그녀를 바라보았다. 초밥에 심취해 신경 쓰지 못했던 그녀. 빈 미음 그릇을 든 채 파르르 전율하고 있었다.

"셰프……."

그녀가 민규를 불렀다.

"마음에 드셨습니까?"

"아까 뭐라고 하셨나요? 양생법에 정기라고 했나요?"

"예……."

"이 안에 대체 어떤 원료가 들어갔나요? 비밀이 아니라면 알려줄 수 있나요?"

"제 레시피에 비밀은 없습니다. 그 안에 들어간 건 약선요리의 기본이 되는 군신좌사와 배오금기, 칠정을 고려해 보익약선으로 조리했으니 주재료는 흑임자와 익모초 씨앗, 오징어가루에 국화 꽃잎입니다. 흑임자의 깨와 둥굴레, 국화 꽃잎은 양생법에 주로 쓰이는 재료이며 익모초 씨앗과 오징어가루는 정을 만드는 재료입니다. 거기 정의 원초적 기본이 되는 밥의 죽물을 더했는데 까만 깨를 쓴 것은 당신의 체질에 맞춘 선택이었습니다."

오징어는 정말 그랬다. 정신력을 보강하고 불임 고민을 돕

는다. 다만 위장이 약하거나 애완동물에게는 삼가야 할 주의
점이 있었다.

"희귀하거나 특별한 재료는 없군요?"

"정력의 정은 가장 순수한 것입니다. 특별하려면 더 순수한
쪽으로 가야겠죠."

"그런데……."

에바가 자신의 손을 보았다. 거울을 꺼내 얼굴도 비췄다.
변화가 있었다. 생기와 탄력에 몸이 가벼워진 것. 정력은 측정
할 수 없는 것. 하지만 그녀의 몸이 알고 있었다.

"굉장하네요."

에바가 웃었다. 민규에 대한 인정이었다.

"그럼 이제 마음 놓고 요리를 즐기시기를……."

그녀의 초밥을 살짝 밀어주었다. 초밥이기에 식어도 관계없
는 게 다행이었다.

다른 테이블을 챙기고 돌아가자 루이스 번하드가 착석을
권했다. 여유가 되기에 옆자리에 앉았다.

"셰프."

대화의 시작은 에바 쪽이었다.

"정력 요리, 조금 무례했던 건 아닌가요?"

그녀가 웃었다. 조금은 무안한 표정이었다.

"괜찮습니다. 다양한 손님을 만나는 것도 개업의 즐거움이
니까요."

"마인드가 건강하시군요."

"……."

"다른 요리도 기가 막혔습니다. 저는 사실 자연식 쪽 기호는 아닌데 기호 따위는 바로 무장해제를 시켜 버리는 맛이더 군요."

"맛나게 드셨다니 고맙습니다."

"이거 제 명함입니다."

에바가 명함을 꺼내놓았다. 러시아어가 가득해 알아볼 수 없었다. 그녀가 웃으며 말을 이었다.

"저는 러시아에서 가스 사업을 하시는 한 회장님의 개인 식사 비서입니다. 실은 그분의 뜻을 받아 동양을 돌던 참이었습니다."

'가스 사업 회장님?'

"나이를 좀 드시긴 했지만 불행하게도 몇 해 전에 남자의 정기를 잃었습니다. 세계 최고 병원에서 치료를 받았음에도……."

"……."

"해서 동양의 신비 치료에 기대를 걸고 중국 기공사들을 불러보았는데 신기하게도 살짝 효과가 있었습니다."

"……."

"다만 불행히도 오래가지 않았는데, 그들 말이 동양의 정력 요리를 잘 쓰면 다시 효과를 볼 수 있을 거라더군요. 회장님

특명을 받고 아시아 각국을 돌던 차에 일본에서 루이스를 만 났습니다. 저하고는 안면이 있던 사이거든요."

"……"

"회장님의 비서실과 전속 셰프께서 각국에 수소문을 해서 특별한 셰프들을 초청해 봤는데 실패… 결국 제가 태국 치앙 마이와 미얀마의 만들레이, 라오스의 심심산골 등을 돌며 소 문난 정력 요리를 찾아 시식도 해봤지만 기대에 차지 않았고, 결국 중국과 일본, 한국에서 가능성이 있는 셰프를 찾아 초대 하려던 차에 루이스에게 셰프를 소개받았습니다."

"……"

"우리 회장님은 할 일이 많은 분입니다. 다만 정력을 생의 가치로 알던 분이라 여기에 미련이 많으시니 마지막 시도로 생각하고 제가 중책을 맡았습니다. 루이스 정도는 아니지만 저도 러시아에서는 미식가 축에 속하거든요."

"네……"

이야기가 길었다. 간단히 말하면 러시아의 재벌이 상실된 정력을 회복하고 싶어 정력 약선 요리를 원한다는 내용이었다.

"도와주시겠습니까?"

에바의 본론이 나왔다.

"장소는 모스크바가 아니라 블라디보스토크입니다. 한국과 중국, 일본에서 오기 편한 거리죠. 경비와 식재료 일체는 우리 가 대고 출장비는 따로 2만 불, 만약 회장님의 소망을 이루어주신다면 100만 불까지도 받게 되실 겁니다. 이건 다른 셰프들이 먼저 성공해도, 나중에 성공해도 보장되는 조건입니다. 다만, 효과는 가급적 즉각적일 것, 나아가 이 모든 사항은 비밀 유지가 원칙입니다."

100만 불.

빅딜이 나왔다.

"만약 효과가 인정되면 그 자리에서 입금해 드릴 겁니다. 회장님이 투자하는 계열사는 한국에도 있으니까요."

거기서 민규가 루이스 번하드를 돌아보았다.

"아, 나는 신경 쓰지 않아도 됩니다. 나는 그저 압도적이고 신효한 이 셰프의 약선요리 세계를 알려주고 싶었을 뿐입니다."

루이스 번하드가 쿨하게 선을 그었다.

"식사가 마음에 들었다니 다행이군요. 그럼 후식을 즐기다 가시기 바랍니다."

민규, 의문이나 질문도 없이 동문서답만 남기고 일어섰다.

"셰프."

에바가 민규를 불렀다.

"조건이 마음에 들지 않으면 원하는 조건을 말씀하셔도 됩니다. 물론 반드시 성공한다는 가정하에 말입니다."

"맞습니다. 마음에 들지 않았습니다."

민규가 속내를 밝혔다.

"어떤?"

"당신의 일방통행식 제안 말입니다. 돈 많이 줄 테니 땡큐 베리 머치 하면서 응하라는 겁니까? 다른 셰프들은 모두 그 제안에 따랐나요?"

"셰프……"

에바의 얼굴에 당혹감이 스쳐 갔다. 여기는 민규의 왕국. 그녀는 그 사실을 간과하고 있었다. 이 안에서는 러시아의 가스 재벌조차도 민규의 존엄을 훼손할 수 없다는 것. 더구나 정력이 바닥난 쭉정이 수컷인 바에야!

"……"

"……"

잠시 침묵이 오갔다. 그러다 에바가 자리에서 일어섰다.

"제가 결례를 했다면 용서하세요."

그녀가 고개를 조아렸다. 루이스 번하드의 입가에 미소가 번져갔다. 그는 이런 사태를 짐작하고 있었던 걸까? 어쩐지 즐기는 듯한 눈빛이었다.

"용서를 청할 필요까지는 없습니다. 좋은 약선요리사는 한국에 널렸으니까요."

"저는 당신이 꼭 필요합니다."

에바가 한 번 더 허리를 접었다.

"……"

"제 몸… 갈수록 정화가 되고 중심이 잡히고 있습니다. 프랑스와 뉴욕, 일본 등에서 기분을 조절하는 요리는 맛보았지만 이 수준까지는 아니었습니다. 도와주십시오."

"……."

"조건은 백지에서 시작하겠습니다. 셰프께서 옵션을 주시면 회장님께 허가를 받겠습니다."

"무엇 때문에 셰프들을 한자리에 부르는 겁니까? 한 사람씩 불러 시도하면 될 것을. 예를 들어 중국 셰프가 먼저 성공하면 나머지 셰프들은 부르지 않아도 되는 일입니다."

"나이 때문인지 회장님은 마음이 급하십니다. 한 사람보다는 세 사람의 확률이 높아지죠. 세 셰프가 다 성공하면 회장님의 레시피가 느는 것이니 먹는 즐거움도 보태지고요."

돈 발광이군.

그녀의 설명 뒤에 따라붙는 생각이었다.

러시아의 가스 재벌. 누군지는 몰라도 돈에 빠져 살 사람이었다. 그렇다면 돈지랄을 제대로 한번 구경하는 것도 나쁘지 않을 것 같았다. 그런 돈이라고 해도 가치 있게 쓰면 될 일이었다.

"일단 회장님 사진부터 보여주시죠."

"사진을요?"

에바가 당혹감을 드러냈다. 회장에 대한 사항은 금기로 보였다.

"안 됩니까?"

"그게… 아닙니다. 보여 드리겠습니다."

에바가 핸드폰을 열었다. 거기서 나온 건 초로의 은발 남자였다.

"이 사진이 아닙니다. 가공하지 않은 원판을 보여주세요."

"……!"

에바는 거기서 또 한 번 아뜩함을 느꼈다. 최대한 자연스럽게 포토샵을 한 사진. 그렇기에 포토샵 전문가가 아니라면 모를 일. 그럼에도 그걸 단숨에 꿰뚫는 민규였다.

"그게 보입니까?"

"정력을 잃었다고 하지 않았습니까? 그걸 읽을 수 없다면 어떻게 좋은 약선요리를 할 수 있을까요?"

"……."

"시간 낭비 하지 마세요. 에바가 제대로 보여주지 않으면 좋은 결과를 얻기 힘듭니다."

"알겠습니다."

에바의 손이 바빠졌다. 그녀는 수많은 사진을 넘기고서야 민규가 원하는 장면을 찾아냈다. 상반신이 드러난 자연스러운 얼굴이었다.

'木水형.'

회장의 체질이 나왔다. 水형일까 싶었는데 木형이 얽힌 복합형이었다. 그러나 애로 사항의 출발이 신장일 것은 분명한 일이었다. 인체의 힘줄은 간이 주관하지만 신장은 그 뿌리라고도 할 수 있었다. 즉, 신장을 빼고 정력을 논하는 건 어불성설이었다.

'백음(白淫)……'

리딩 결과를 종합하니 예측이 나왔다. 표면적으로는 간의 문제였다. 간의 깊은 곳에 찌든 기의 작은 혼탁이 보였다. 젊은이라면 대충 넘어갈 수도 있는 혼탁. 그러나 나이가 있었다.

간이 병들면 힘줄이 약해진다. 그리하여 종근이 상한다. 종근은 중요한 힘줄이다. 성기를 중심으로 보면 앞으로는 가슴과 배에 연결이 되고 뒤로는 엉덩이에서 뒷목까지 이어진다. 이 종근이 성기의 파워를 좌우하므로 근본으로 보아도 지나침이 없었다. 종근에 이상이 오면 성기에도 이상이 오는 것이다.

종근이 망가지는 코스는 두 개가 있었다. 하나는 이성이 필요하지만 육체적인 성관계를 할 수 없을 때, 또 하나는 그 반대의 예로 성관계를 너무 문란하게 했을 때. 이들을 한의학에서는 백음이라 불렀다.

러시아의 70대 회장님.

무엇이 원인일까? 70대라면 이성이 그리워도 성관계를 못할 수도 있었다. 너무 문란한 쪽 추측은 살포시 접어놓았다.

그러나 원인은 또 있을 수 있었다. 몸에는 종근 외에도 12개의 경근(頸筋)이 있는 까닭이었다. 이 경우의 연관 경근은 간장경근이었다. 이 경근은 성기 부근에서 다른 경근과 합쳐 성기를 주관한다. 간에 찬 기운이 들면 성기가 수축되고 쪼그라든다. 반대로 열이 넘쳐도 성기가 축 늘어져 불이 들어오지 않는다.

심장도 영향을 미친다. 심장도 찜찜한 구석이 있었다. 만약 심리적인 이유로 온 발기부전이라면 심장까지 돌봐야 한다. 심장에 열이 과하면 성욕이 부글거린다. 성욕은 끓어오르는데 물건이 외면한다면 그 또한 미칠 일이었다.

마지막으로 체질. 매운맛은 간을 해친다. 지나치면 근맥이 상하니 종근 쪽과도 연결될 수 있었다.

"회장님이 매운 요리를 선호하나요?"

"한때는 마니아셨죠. 태국과 베트남, 멕시코의 매운맛까지 찾아다니셨으니까요."

'그렇군.'

그 또한 하나의 원인이 될 수 있었다.

"하반신까지 나온 사진은 없나요?"

"없습니다."

"좋습니다. 만약 다른 셰프도 성공하면 그쪽 제안대로 하겠습니다. 하지만 다른 셰프들이 실패하고 저 혼자 성공하게 된다면……."

"……."

"그분이 내건 조건의 다섯 배를 주시기 바랍니다."

다섯 배.

민규의 배팅은 500만 불이었다.

500만 불.

듣고 있던 루이스의 얼굴에도 묘한 긴장감이 엿보였다.

"다섯 배는 너무 오버가 아닙니까? 두 배라면……."

"만약 이번 팀이 실패를 하면 당신은 또 다른 셰프를 찾아 나서겠지요. 아니면 다른 방법이든가……."

"……."

"그 시간과 기회비용을 다 합친 것보다 나을 텐데요?"

"그건 성공한다는 가정하에 나오는 계산 아닙니까?"

"자신이 없다면 가지 않습니다. 어차피 실패할 거라면 참가비도 못 받고 시간만 뺏길 텐데 무엇 때문에 생고생을 자처하겠습니까?"

"……!"

민규의 돌직구에 에바가 경련을 했다. 겸허하면서도 확신에 넘치는 민규의 태도. 에바의 마음을 끌었다. 에바는 바로 회장에게 전화를 걸었다.

"에바입니다."

러시아 말이 이어졌다. 통화는 길지 않았다.

"회장님이 허락하시네요. 당신 조건을 수용하겠습니다."

"언제 가야 하는 겁니까? 저는 월요일이 비어 있습니다. 이번 월요일이야 빡빡하지만 다음 월요일부터는 괜찮습니다."

"그럼 다음 월요일에 맞춰보겠습니다. 우리는 빠를수록 좋으니까요."

"그렇게 준비하죠."

민규가 수락하자 에바가 일어섰다. 그녀는 떠나고 루이스 번하드만 남았다.

"이거 향으로 먹는 약수입니다. 많이 맡으면 먹는 즐거움을 잊어버릴 수 있어 맛보기만 준비했습니다."

그를 위해 신메뉴 육천기를 선보였다.

"오호, 향으로 먹는 약수라……."

루이스 번하드가 물잔을 들었다. 그는 마치 시향을 하듯 잔 위의 공기를 흔들어 맛을 보았다. 그는 뭐든지 진지하다. 정말이지 타고난 미식가였다.

"……!"

향을 맡던 그가 호흡을 멈췄다. 그러더니 길게, 짧게, 혹은 리드미컬하게 끊어가며 육천기를 즐겼다.

"맙소사!"

그의 평은 탄식이었다. 뭐라 할 말이 없는지 오랫동안 고개를 저었다.

"마음에 드십니까?"

"이 물은 정녕 지상의 요리가 아니군요."

"저는 신선의 물이라고 부릅니다."

"신선의 물… 딱이네요. 한 번 맡으니 미각이 멈추고 두 번 맡으니 오감이 멈춥니다. 그리고 세 번째부터 마치 몸이 비어 나가는 듯… 그러나 너무 가뿐하고 너무 상큼해서 탐욕까지 씻겨 나가는 듯한……."

"제가 들은 평 중에서 가장 부합한 것 같습니다."

"영광입니다, 셰프. 내 생에 당신을 만나게 된 것……."

루이스 번하드가 일어나 고개를 숙였다. 육천기의 진가에 마음을 다해 탄복하는 그였다.

"아닙니다. 저야말로 루이스를 만나 요리의 진미를 깨닫는 것 같습니다. 맛을 정확하게 저격하는 한마디, 한마디가 제게 살이 되고 자산이 되니까요."

"그게 당신입니다. 오히려 내 언어가 부족해 당신 요리의 맛을 제대로 설명하지 못하는 게 아쉬울 뿐……."

"과찬이십니다. 저는 아직 갈 길이 멉니다."

"그래서 내가 더 행복하지요. 날마다 보태지는 셰프의 요리들… 다음에 만날 때는 또 무슨 요리를 먹을 수 있을까 기대하다 보면 마치 첫사랑 소녀를 만났을 때의 소년처럼 가슴이 설렙니다."

"루이스……."

"게다가 자부심과 긍지는 또 어떻습니까? 사실 에바가 만난 사람들 중에서 초청 거절을 당한 건 처음일 겁니다. 무려 100만 불의 배팅을 가볍게 튕겨내는 셰프의 존엄… 그 또한 셰프를 소개한 내 마음에 무궁한 자부심이 되었습니다."

"돈으로 요리는 살 수 있지만 맛을 살 수는 없기 때문이었습니다. 더구나 누군가 간절히 원하는 그런 맛이라면……."

"덕분에 제 주가도 올라갔습니다. 만약 셰프가 에바의 회장꿈을 이루어준다면 더 올라가겠죠. 그 답례를 하고 싶습니다. 셰프의 일상에 제가 기여할 일이 없을까요?"

기여!

단어를 듣는 순간 차미람과 일당들이 스쳐 갔다. 다른 후배들도 그랬다. 뻑적지근한 별 다섯 개 호텔이나 미슐랭 별 셋이 아니더라도 알찬 레스토랑들. 그런 곳이라면 오히려 알차게 요리를 익힐 수 있었다. 그러나 후배들에게는 그런 시스템이 없었다. 그저 돈 받고 소개해 주는 알선 업체가 있을 뿐.

"문제없습니다. 셰프님이 추천하는 신인이라면 프랑스나 뉴욕, 스웨덴 등지에 다리를 놔드리지요. 일본이나 싱가포르도 가능합니다."

루이스가 민규의 요청을 접수했다. 전 세계의 쓸 만한 레스토랑은 다 섭렵하고 다니는 루이스 번하드. 그러면 실속 있는 셰프를 찾아줄 게 분명했다.

"그런데……."

루이스가 민규를 바라보았다.

"아, 네……."

"실은 저도 그 유사한 부탁이 있는데……."

"저한테요?"

"예. 제가 여기저기 다니다 보니 재미난 셰프들을 좀 아는데 뉴욕에서 미슐랭 별 둘 레스토랑을 운영하는 친구가 있습니다. 이 친구가 호기심덩어리인데 셰프 이야기를 해줬더니 굉장히 궁금해하면서 견학을 원하던데 언제 한번 주선해도 될는지요?"

"미슐랭 별 둘 셰프가 견학을요?"

"그 친구는 별 셋을 받아도 그러고 다닐 친구입니다."

"……"

"안 될까요?"

"아닙니다. 루이스의 추천이라면 언제든 오케이입니다."

민규도 쿨하게 답했다. 그의 호의에 대한 보답이었다.

"그럼 러시아에서의 일에 행운을 빕니다."

루이스 번하드가 손을 내밀었다.

러시아 블라디보스토크.

생뚱맞은 정력 요리와 함께 그 도시의 이름이 가까워졌다.

『밥도둑 약선요리王』 11권에 계속…

초대형 24시 만화방

신간 100%, 샤워실, 흡연실, 수면실(침대석), 커플석, 세탁기 완비

▪ 광명 광명사거리역점 ▪

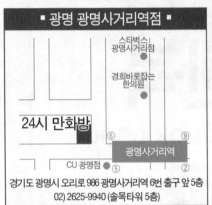

경기도 광명시 오리로 986 광명사거리역 6번 출구 앞 5층
02) 2625-9940 (솔목타워 5층)

▪ 강북 노원역점 ▪

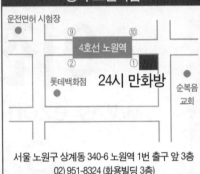

서울 노원구 상계동 340-6 노원역 1번 출구 앞 3층
02) 951-8324 (화용빌딩 3층)

▪ 일산 정발산역점 ▪

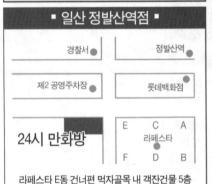

라페스타 E동 건너편 먹자골목 내 객잔건물 5층
031) 914-1957

▪ 일산 화정역점 ▪

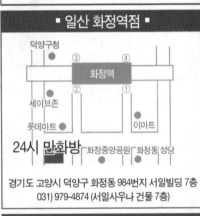

경기도 고양시 덕양구 화정동 984번지 서일빌딩 7층
031) 979-4874 (서일사우나 건물 7층)

▪ 부천 역곡역점 ▪

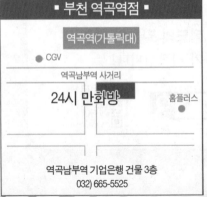

역곡남부역 기업은행 건물 3층
032) 665-5525

▪ 부평역점 ▪

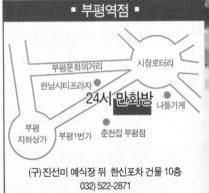

(구)진선미 예식장 뒤 한신포차 건물 10층
032) 522-2871

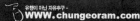

너의 옷이 보여

킹묵 현대 판타지 소설
MODERN FANTASTIC STORY

꿈을 안고 입학한 디자인 스쿨에서
낙제의 전설을 쓴 우진.
실망한 채 고국으로 돌아오기 직전 교통사고를 당하고,
아무것도 보이지 않던 왼쪽 눈에
무언가가 보이기 시작한다.

그것도 어딘가 이상하게.

오직 그 사람만을 위한 세상에 단 한 벌뿐인 옷.
옷이 아닌 인생을 디자인하라!

디자이너 우진, 패션계에 한 획을 긋다!

Book Publishing CHUNGEORAM

유행이 아닌 자유추구 -
WWW.chungeoram.com